老妈变变变

曾维惠 著

海峡出版发行集团 | 福建教育出版社

　　曾维惠，笔名雯君、紫藤萝瀑布，著名儿童文学作家，中国作家协会会员，鲁迅文学院第十九届中青年作家高研班学员，重庆文学院首届签约作家，重庆市作家协会全委会委员，重庆江津区作家协会副主席。出版著作100余本，发表作品2000余篇（首），先后在20余家报刊开设过作品专栏。

　　作品获2014年和2015年冰心儿童图书奖、重庆市第三届巴蜀青年文学奖、第四届和第五届重庆文学奖、台湾"中小学生优良课外读物"推荐奖、台湾"好书大家读"推荐奖等奖项。个人曾获"教育部关工委优秀辅导员"、"江津十大杰出青年"、"江津十佳育人女园丁"、"江津十佳青年岗位能手"等荣誉称号。

　　博客：紫藤童话花园 http://blog.sina.com.cn/zengweihui
　　微博：a紫藤萝瀑布 http://weibo.com/zengweihuitonghua

目　录

可乐

　　本名雷可乐，五（一）班学生，一个讨厌老妈唠叨的女孩，一个留着像男生一样的短发的风风火火的女孩。爱幻想，爱尝试，爱异想天开，人称"可乐"。同桌是"汉堡"张阿宝，坐在后排的是"鸡翅"孙飞飞，坐在前排的是"薯条"舒小丁。处在青春叛逆期的可乐，为了整老妈，用女巫的扫把把老妈变成了一只小狗。

本名张阿宝，雷可乐的同桌，人称"汉堡"，一个傻乎乎、胖乎乎的听可乐指挥的男孩，特别喜欢进德克士，吃炸鸡翅、汉堡等高脂肪、高热量食物。

汉堡

薯条

　　本名舒小丁，坐雷可乐的前排，人称"薯条"，一个聪明绝顶的瘦高个男生，点子多，爱捉弄人。对三十六计了如指掌，并能熟练运用，还会新创计谋，取名叫"薯条大计"。

　　本名孙飞飞，雷可乐的死党，人称"鸡翅"，一个梳着长长的马尾辫、天真得凡事不动脑子的"傻"女孩，爱说傻话，爱做傻事。她傻傻地说："鸡，没有了翅膀，就飞不起来。我就做会飞的鸡翅吧。"

鸡翅

"霉球儿班长"

　　"霉球儿班长"，本名李一眉，梳着齐眉的刘海儿，特别爱打小报告，让好多同学都倒霉。她是可乐四人党的死对头。

班主任，人称"金丝猴儿哥"，人很瘦，秃顶，聪明绝顶的老头儿，戴着金边眼镜的数学老师。他最喜欢让眼光绕过眼镜上方看人。学生把他订下的七十二条班规称作"猴儿规"。

金老师

老巫婆

六十多岁，住在雷可乐家楼下，是雷可乐最害怕的人。一个老太婆，脸上长满了皱纹，眼神很吓人，看似很邪恶，实际上内心也有善良的一面。她有一把神奇的扫把，变化多端，平常被她当作拐杖。当它变成拐杖时，上面镶着蓝宝石，很神奇。

小老怪

老巫婆的丈夫，为人善良，很爱老巫婆。他的眉毛比头发长，眼睛比嘴巴大，长长的鼻子上挂着一个红葫芦，下巴上有三根蓝胡子，每根胡子上都吊着一个小酒杯。喜欢喝酒，看似很洒脱。

把老妈变成小狗

可乐的公安局长老爸姓雷，打雷的雷，雷厉风行的雷，一定是个很厉害的人物哦。可能是可乐老爸老妈都希望自己的女儿笑口常开吧，所以，给女儿取了一个名字——雷可乐。

唉，现在的可乐，可是笑不起来呀！

可乐有三大苦恼：一是作业多，多得让她练就了一副过硬的本领，那就是可以同时用三支笔抄写生字、词语和古诗；二是口袋里的零花钱总是不到月底就花光了，她也光荣地加入了"月光族"；三是老妈的唠叨一直在可乐的耳边回响，仿佛是一颗颗定时炸弹，随时都可以爆炸，让可乐心烦意乱。

今天，可乐更烦。她在回家的路上，从楼下老太婆的家门前经过的时候，被什么东西绊倒了。可乐一看，原来是一把扫把。

可乐真是晕了，她小声嘀咕："刚才明明没看到有扫把呀，难道我也像这屋里的老太婆一样，得了老花眼了？"

"谁得老花眼了？我的眼睛明亮着呢！"不知道什么时候，从身旁的防盗门的小窗上，露出一张长满了皱纹的脸，脸上那双不屑的眼睛，射出不屑的光，"小丫头片子，谁是老花眼？别没事找事。"

可乐急了，她辩解道："你的扫把把我绊倒了，我只不过……只不过自己说自己得老花眼了，我……又没说你。"一向伶牙俐齿的可乐，在这老太婆面前，居然口吃起来。

"我看你才真是老花眼了，你看看，哪有扫把？"老太婆说，"赶紧走吧，别没事找事，小心真的生出事端来。"

可乐赶紧三步并作两步爬楼梯，往家里赶。她可是领教过这老太婆的厉害，不敢在她的家门前久留。

"砰——"可乐重重地关上了防盗门，仿佛把所有的危险都关在了门外。

可乐躺在沙发上，长长地舒了一口气，然后嘀咕道："真是奇怪了，我明明是被扫把绊倒了，那扫把怎么又不见了？还被那老太婆数落了一顿，真是烦！"

一想到楼下那个老太婆，可乐连做作业的心情也没有了。她打开电脑，开始看宫崎骏的动画片《哈尔的移动城堡》。

"噢，可怜的苏菲……"当看到那个只有十八岁却因女巫使坏而有了一副九十岁的老太婆的面容和身材的苏菲的时候，可乐咒骂道，"可恶的女巫，可别让我碰上你！"

"我可恶吗？哈哈哈！"这时候，一个声音在可乐的耳边响起，"我就是女巫，你碰上我，又能怎么样？一把小小的扫把，就足以绊倒你！"

这声音，让可乐浑身起鸡皮疙瘩，她惊恐得说不出话来。

"雷可乐，我可以给你一个魔法，但这个魔法只能用在你老妈的身上。"还是那个奇怪的声音。

可乐找来找去，都不知道声音是从哪里发出来的。不过，可乐发现，电脑桌旁多了一把扫把。可乐摸着这把扫把，小声嘀咕着："这扫把一定有神奇的魔法，或许我真的可以用它来对付老妈。"

把老妈变成什么呢？可乐用了一个晚上的时间来思考。

干脆把老妈变成一只小狗吧。

也许你会说："可乐，你怎么这样无情呀？"

可乐会说："呵！我无情吗？无情的是老妈！请听我——道来——"

可乐特别喜欢小狗，可是，老妈说："可乐啊，养小狗不卫生，有关资料显示，小狗身上的病菌，还会影响女孩将来的生育……"

每当这时，可乐就会转过身去，咬牙切齿地说："晕！不要养小狗，还搬出这样无聊的理论来吓唬我，真是岂有此理！"

嘘——千万不要让老妈听见，否则，她那唱不完的难听的老革命歌曲一样的唠叨，永远也不会打上休止符。

不过，可乐还是背着老妈，用一个月的零花钱从宠物市场偷运了一只小狗回家。她把小狗用纸盒子装着，放在床底下，但最终还是没有逃过老妈的"顺风耳"和"千里眼"——老妈把小狗从床底下揪了出来，像审视一个私藏枪支弹药的罪犯一样审视着可乐，最后，从牙缝里挤出几个字："狗东西。"

从此，小狗成了老妈虐待的对象：它咬鞋袜，老妈瞪它；它把尿拉错了地方，老妈踢它；它出去散步的时候踩到了老妈的高跟鞋，老妈跺脚吓唬它……

老妈最喜欢做的一件事，就是把小狗关进卫生间里，说是避免它乱拉、乱尿、乱咬东西和四处乱跑。

后来，老妈干脆以牙还牙，以其人之道还治其人之身，把小狗偷运到了乡下奶奶家。乡村里闹狗灾（狗太多，咬伤路人的情况时有发生），兽医便开始挨家挨户地为狗狗们打预防针。哪知预防针成了夺命针，可乐的小狗就此命丧黄泉。

为了表示抗议，可乐足足一个星期没有吃老妈做的饭，而后，满脸的痘痘，就是天天吃方便面给她的惩罚。老妈心疼地带可乐去看医生，还天天往可乐的脸上抹不知名的粉液。

可乐对着镜子大叫："晕啊，莫非要把我打扮成妖精？"

可乐趁老妈不注意，把那些粉液都倒进了马桶，气得老妈像当初瞪小狗一样瞪着她——是吹胡子瞪眼吗？哈哈，当然不是！嘿嘿，老妈没有胡子吹，只好干瞪眼。

可乐决定把老妈变成一只小狗。这一晚，可乐一直没有睡着觉，想象着老妈变成小狗的模样，她在被窝里偷笑。

清晨，可乐的老爸雷局长提着公文包，摆出局长的样子在镜子前面照了照，然后很讨好地说："老婆，这条领带的结打得不好，换一条吧。"

嘘——告诉你一个秘密：可乐的老爸一直喜欢讨好可乐的老妈。

可乐的老妈赶紧从厨房里出来，一边在围裙上擦沾满水的手，一边跑向衣橱。随后，可乐的老妈把一条带蓝色条纹的领带，递到了可乐的老爸的手上。

"我亲爱的雷局长，明天，谁为你换领带？谁给你洗衣裳？悲哀啊！"可乐小声嘀咕着，她不禁"扑哧"一声，笑了出来。

"鬼丫头，你笑什么？"可乐的老爸收起局长的模样，用食指刮了一下可乐的鼻梁。

局长老爸终于走了。

可乐老妈从厨房里出来，对可乐说："从今天开始，我要休年假十五天，可以好好地放松放松了。"

老妈突然说休年假十五天，可乐一下子没回过神来。在可乐的印象中，老妈从来都是很忙的，就是放假期间，她也喜欢学雷锋做好事给同事顶班，甚至还乐此不疲。可乐老妈是银行的主任，对工作是兢兢业业。

在可乐愣神的当儿，老妈已经换上了那套蓝色的职业装，从卧室里来到了客厅。

老妈总不忘唠叨："我准备去看看你姥姥，她的腿病又犯了。可乐啊，我不在家的时候，你一定要督促你老爸，少到外面去吃饭……你也赶紧上学去吧，不然就要迟到了……在学校里，要好好听课，成绩不好，将来找不到好工作，看你喝西北风去……"

哎呀呀，可怕的唠叨，又开始了。

可乐斜着眼睛，看着老妈：老妈也真是的，去姥姥家，还穿什么职业装啊？不过，对老妈这种工作狂来说，时时刻刻都想着自己的工作，也是很正常的。其实，可乐的老妈挺漂亮的，她若是在银行柜台一站，排队等着她存钱取钱的人，一定有一条长龙吧？

老妈接着说："可乐，早上出门前，一定要检查好书包，看书本文具都带齐了没有……还有啊，今天，你们学校有专家讲座，学校要求穿……"

哎呀呀，可怕的唠叨，永远也没个完。

此时不下手，更待何时？

可乐毫不犹豫地举起女巫的扫把，围着老妈转了一圈。

"你这是干什么……"

老妈的话还没说完，便在一脸的惊愕中，身体慢慢地变小，变小……最后，变成了一只小狗。

哈哈哈，大功告成！

可乐把老妈变成小狗——哦，叫老妈小狗吧。

可乐把老妈小狗关进了卫生间。

老妈小狗在卫生间里直叫，仿佛在唠叨说："放我出去，你怎么可以这样对待老妈？你得从小学会尊敬父母啊……"

唉，烦死了，烦死了，又是烦人的唠叨。可乐捂住了耳朵。

"您也尝尝卫生间里的特殊味道吧。"可乐冲着卫生间，阴阳怪气地说了一句。

"汪汪——汪汪——"老妈小狗在卫生间里直叫，还用爪子不停地挠着门。可乐才不会心软呢，她说："老妈小狗，您就在厕所里老老实实地待着吧，让我也过几天没有唠叨的日子。"

可乐把女巫的扫把藏在自己的衣橱里。她知道，老爸是不会到她的衣橱里找东西的。

可乐背着书包，出了门。一路上，她雄赳赳气昂昂地唱着："五星红旗迎风飘扬，胜利歌声多么响亮……"

嘿嘿，可乐终于战胜了老妈，终于自由了。

走到半路，可乐突然想起，今天有专家讲座，学校要求穿校服，她却忘了。可乐赶紧跑回家，准备把校服找来穿上。可是，她翻遍了衣橱的每一个角落，都没有找到校服。

"给老妈打电话，家里所有衣服所放的位置，老妈最清楚。"可乐拨通了老妈的手机。

"那是一条神奇的天路，带我们走进人间天堂。青稞酒酥油茶会更加香甜，幸福的歌声传遍四方……"老妈的手机在卧室里响起。

"唉！我这狗记性，老妈已经被我变成小狗了呀！看来，老妈平时骂我狗记性，一点也没有错。"

可乐打开厕所的门，老妈小狗"呼啦"一下，就从厕所里溜了出来。可乐想抓住老妈小狗，再次关进厕所里。可是，老妈小狗似乎看透了可乐的心思，躲进了床底下，让可乐怎么也抓不着。唉，毕竟是老妈呀，她最了解可乐的心思。

"叮铃铃……"家里的电话响了，是汉堡打来的。他说，专家都到了，同学们都到操场上了，班里就差可乐一个没有到。

暂停！汉堡是谁？

汉堡是可乐的同桌张阿宝，一个胖乎乎、傻乎

乎、晕乎乎的男孩。张阿宝长得像汉堡，每次进德克士，又最喜欢吃汉堡，曾有过一次吃六个汉堡的纪录，所以，同学们都叫他汉堡。

怎么办？硬着头皮也得去上学。没穿校服，大不了被罚做一次义务劳动。而旷课的后果，轻则请家长，重则处分。

"哐当"一声，可乐重重地关上了防盗门，脸上写满幸福，向学校冲去。

金丝猴儿哥

操场上，没有穿校服的人寥寥无几，可乐就是其中一个。

"可乐，你存心与金丝猴儿哥作对啊？触犯了'猴儿规'，可比触犯法律还严重哦。要是我，都不敢来上学了。"鸡翅说完，用手捂住了嘴，一副惊恐的模样，好像比可乐还紧张。

鸡翅是谁？

鸡翅是可乐的邻桌，坐在可乐的后面，是可乐的死党。鸡翅，原名孙飞飞，是一个天真得凡事不动脑子的"傻"女孩，爱说傻话，爱做傻事，特别喜欢吃鸡翅，所以同学们都叫她鸡翅。她傻傻地说：

"鸡，没有了翅膀，就飞不起来。我就做会飞的鸡翅吧。"

"金丝猴儿哥来了！"汉堡扯了一下可乐的衣角。

金丝猴儿哥沿着队列，向可乐这边走了过来。

"三十六计，认罪为上计。俯首认罪，罪轻一等。"薯条在可乐耳边嘀咕了一句。

嘿嘿，一定有人会问金丝猴儿哥是谁。

各位看官，现在，我隆重推出这位金丝猴儿先生：他是我们的班主任兼数学老师金老师。他是一个绝顶聪明的老头，头顶发光。他很瘦，瘦得像一只猴子；戴着一架镶着金边的小圆眼镜，最喜欢让眼光绕过眼镜上方看人。不知道是哪个同学给他取了个名字——金丝猴儿哥，他制订的班规有七十二条，哈哈，干脆就叫"猴儿规"。

薯条常说："金丝猴儿真是铁匠铺卖豆腐——软硬兼施。"同学们真是既怕他又喜欢他。

关于猴儿哥的一些趣闻逸事，在以后的故事里一一讲来，请各位看官不要着急。不过，若是忘了讲猴儿哥的故事，也请各位看官多多包涵喽。

薯条又是谁？

薯条，是坐在可乐前排的男生，名叫舒小丁。这是一个绝顶聪明的瘦高个男生，鬼点子多，爱捉弄人。他对三十六计了如指掌，并能熟练运用。他还会新创计谋，取名叫"薯条大计"。

关于人物简介，到此暂停。

金丝猴儿哥已经来到了可乐的跟前，可乐赶紧站起身来，讨好地说："老师，咋晚起大风，我那挂在阳台上的校服，不知道被吹到哪里去了，所以今天就没办法穿来。明天我再去买一套吧。我违反了猴儿规——哦，不对，是班规第七十一条，我放学后会去做义务劳动。"

可乐以为自己编的理由很充足，可以不受金丝猴儿哥的责备了。

"咋晚风平浪静，哪来的大风？"金丝猴儿哥的眼睛里放着光，他不喜欢说谎的学生，"你还犯了班规第六十四条，两罪并罚，除了为花圃除草一次，还要为厕所灌水若干桶。"

天啊，又是灌水！

金丝猴儿哥怎么最喜欢用这招惩罚人呢？那是因为若干天以前，他逛论坛，无意中发现可乐、薯条等人正在论坛灌水，让别的帖子浮出水面，害得他新发的帖子石沉大海，他一怒之下，便称提水冲厕所为灌水。哪位同学违反了班规，他就要罚这位同学到厕所灌水。

"金丝猴儿哥又在公报私仇了，他真是小心眼儿……"汉堡说。

"你也想陪可乐灌水去？"薯条赶紧捂住汉堡的嘴，小声说，"隔墙有耳！"

薯条说的"隔墙有耳"，指的是班长坐在离他们不远的地方。

李一眉，五(一)班的班长，梳着齐眉的刘海儿，同学们都说她头上顶着一个锅盖。她最爱打小报告，许多同学都因此而倒过霉，所以同学们都叫她"霉球儿班长"。

讲座听完后，金丝猴儿哥便让霉球儿班长传令，给了汉堡一项特殊任务：把操场上的垃圾捡干净。

"汉堡，以后可要牢记我的计谋之一——东张

西望。不管说什么话、做什么事之前，都要东张西望，看看有没有可疑对象。东张西望，可是说话做事的最高境界哦。"薯条滔滔不绝地说起了他的计谋。

可乐瞅了薯条一眼，说："薯条，你只能算是说话的巨人，行动的矮子。光说不做，有什么用啊？有真本事，你要么帮我灌水，要么帮汉堡捡垃圾。"

可乐和薯条，就是在这样的PK中过日子的。

"今天该我扫教室。"薯条总是能找到很正当的理由来为自己开脱。

倒是鸡翅，一会儿帮汉堡捡垃圾，一会儿又帮可乐灌水，一直坚持到最后。

"鸡翅，以后，要是我当了德克士的董事长，我一定聘你当总经理。"汉堡讨好地说。

鸡翅想了想，说："当董事长，要吃鸡翅也没那么方便。干脆，我就当一个服务员吧，想吃鸡翅的时候，咬一口便成。"

"呵呵。"可乐忍不住笑出了声儿，"这就是鸡翅的远大理想。"

鸡翅以为可乐在夸奖她，她乐呵了好一会儿。

"拜拜，我要回家了，我的老妈小狗还被关在家里，没有吃午饭呢。"可乐一边走一边说。

"老妈小狗？"汉堡和鸡翅像呆雁一样，张大嘴巴，目送可乐飞奔而去。

可乐高唱凯歌来到家门口。

哈，亲爱的雷局长正在家门口静候可乐的到来，他的身边还站着一位警官模样的人。

"老爸，很难得见您这样早就回家呀。"可乐满脸堆笑，"今天晚上带我们去德克士吧，听说那里新推出了一种套餐，里面的火腿特别香嫩……"

"可乐，你赶紧把门打开，我回来取一份材料，昨天晚上，你老妈帮我打印好的，早上出门的时候，我忘记带了。"老爸着急地说，"今天这人是怎么了？以前，我忘了带走的东西，她都会给我送去。今天连电话也不接。"

老爸终于也有求于可乐的时候了！一向自以为做事谨慎的老爸，今天居然忘了带钥匙，嘿嘿。可乐一边从书包里找钥匙一边说："老爸，我今天可是立了大功，我为您开了门，您一定得抽空带我去德克士呀。"

可是，可乐把书包里所有的书都倒在地上，也没有找到钥匙。

"你妈妈哪里去了？"老爸有些不耐烦了。

"老妈小狗……哦不……老妈……今天早上，我离开的时候，老妈好像说是姥姥生病了，她要去几天……"可乐开始撒谎。

老爸一边拨电话，嘀咕着："这人，家里出这么大的事情，也不事先告诉我。"

没办法，老爸只好打电话叫来开锁匠，把家里的门打开了。老爸从书房里取出文件，交给那位警官，说："明天一定要把这上面的事情办好。"

警官毕恭毕敬地接过文件，走了。

"下次，不准再忘了带钥匙！"老爸警告地说，"谁忘了带钥匙，就该谁请客。"

哈哈，可乐才不怕呢！若是可乐忘了带钥匙，她就耍赖。哈哈！老爸是永远也赖不过可乐的。

半夜鸡叫

刚进门，老爸便冲进了卫生间。哈哈，可能是憋不住了。

"可乐，你胆子可真大啊！"老爸从卫生间出来的时候，神情有些紧张。

"老爸，我又怎么了？"可乐也紧张起来，心想："莫非是金丝猴儿哥打电话告我的状了？不过，我今天除了没穿校服以外，并没有触犯猴儿规呀，这是怎么回事呢？"

不过，对于老爸可乐还不是很紧张。老爸是公安局长，办事雷厉风行，铁面无私，罪犯见了他，肯定要夹着尾巴逃跑。但在家里，他不但怕老婆，

还怕可乐。他常说："什么样的罪犯我没见过？什么样的案子我没查过？可我偏偏就败在了两个小女人手中。"

哈哈，老爸是甘拜下风了。

老爸一边打开冰箱一边说："可乐，你老妈不是不让你养小狗吗？你什么时候又长胆儿了？还弄了一只小狗回来，不怕你老妈给你撵出去？"

原来，爸爸说的是老妈小狗的事啊。

"怕什么啊，老妈小狗……"可乐知道自己说漏了嘴，赶紧话锋一转，说，"这小狗是在老妈的同意下买回来的，怕什么啊！胆小的雷局长。"

"鬼丫头，我是为你着想，你知道你老妈的厉害就行了。"老爸关上冰箱的门，又小声嘀咕了一句，"你老妈怎么在走之前也没给我们弄点吃的回来？这可不是她一贯的作风。"

是啊，老妈以前出差之前，都会把冰箱塞得满满的，还吩咐他们今天吃什么，明天吃什么。她还会查最近几天的天气预报，把可乐和老爸这几天要穿的衣服都找出来放在床头，还唠叨个没完。

在老爸看来，老妈今天是有些反常。

"呵呵。"可乐捂着嘴，偷偷地笑了笑，然后说："老爸，冰箱里也没什么现成的东西可以吃，您就带我去德克士吧，好久没去过了，听说那里有了新的套餐，便宜又美味。"

对可乐的要求，只要不违反原则，老爸一般是有求必应。

"把你的小狗也带走吧？"老爸说，"让小狗也享受一下生活的乐趣。"

"不行，就让她待在卫生间里吧。"可乐坚持要这样惩罚老妈小狗。老爸当然不明白可乐的险恶用心。

离开德克士的时候，可乐特意要了一个鸡腿打包，给家里的老妈小狗带回来。

"小狗都有这样的待遇了？"老爸打趣道，"我也干脆变成小狗算了，省得随时都遭受你和你老妈的恐吓。"

老爸呀老爸，你可算说出心里话了！

要说老妈对老爸的恐吓，其威力可比得上超级台风、海啸和地震。有一次，老爸回家晚了，又没有提前打电话向老妈请假，老妈硬是让老爸睡了一个星期的沙发。老妈说："如果你再有这种情况，就买一把扫把回来搁着。"

事后，可乐偷偷地问老爸："老妈怎么要您买一把扫把回来呢？是罚您扫地吗？"

"她是要把我扫地出门啊！"老爸苦笑着说。嘿嘿，扫地出门，那可是比罚扫地还厉害。

要说可乐对老爸的恐吓，应该算是最低级的了。老爸若是没有顺可乐的意，可乐就冲着他咬牙切齿地吼道："您再惹我，我就离家出走，让您满世界找不到我！"

可乐可是老爸的掌上明珠，他哪里舍得可乐离家出走啊。每当可乐说这话的时候，老爸就会从口袋里掏出一张纸巾，在空中扬几下，点头哈腰地说："俺是战败国，俺投降，俺接受战胜国的所有赔款条约。"

其实，可乐也挺可怜老爸的。有一次，老爸在接受老妈的第 N 次恐吓后，可乐悄悄地问："老爸，如果您得了精神分裂症，我会去精神病院陪您的。"

弄得老爸哭笑不得。

可乐和老爸从德克士回到家里，老妈小狗已经在房间门口等着他们了。饿了一天，老妈小狗有点无精打采，她仿佛嗅出了可乐手中盒子里鸡腿的味道，伸出爪子，抓着放在茶几上的纸盒子。

可乐拿出鸡腿，在老妈小狗面前晃了几下，故意让她闻到香味。老妈小狗先是蹲在地上，抬头热切地看着可乐。等了半天，可乐只是笑嘻嘻的，丝毫没有给她吃鸡腿的想法。老妈小狗等不上就急了，扑上来，想一把抢过可乐手中的鸡腿。哪知可乐早有准备，一下子就绕开了她的爪子。可乐在客厅里绕着圈子，简直是在牵着老妈小狗的鼻子跑。

"哈哈，老妈，您也嘴馋了吧？"可乐得意地晃着手中的鸡腿，冲着老妈小狗大叫。

"可乐，你老妈回来了？"卫生间里的老爸大声问。

"没有没有，电视里在上演一个搞笑的老妈，我也跟着嚷嚷。"可乐赶紧自圆其说。

"要是我们家也有一个搞笑老妈就好了，你老妈整天绷着脸训人。"老妈不在，老爸说话也越来越放肆了。

"老妈，您听到了吗？您再绷着脸，小心老爸一纸休书休了您。"可乐把鸡腿在老妈小狗面前晃了几下。

可乐不知道老妈小狗能不能听懂她和老爸的话。不过，管不了这么多了，该放松时就放松，此时不说，更待何时！

可乐手中那散发着香味儿的鸡腿，逗得老妈小狗急得围着可乐团团转。

"哼，以前不是克扣我的零花钱吗？不是限制我进德克士的次数吗？不是说油炸鸡腿吃多了不利于健康吗？您怎么也对鸡腿感兴趣了？"可乐小声嘀咕着。

"我得留下这宝贵的资料，以后，让老妈知道，她也迷恋过鸡腿。"哈哈，可乐这想法不错吧？她用数码录像机，录下了老妈小狗狼吞虎咽地啃完这个鸡腿的经过。

"可乐，赶紧调一下热水器，这水都能烫死猪了。"老爸在卫生间里尖叫。

可乐三步并作两步跑到热水器旁，面对那一排按钮，不知道该按哪个好。想了想，每个都动一下吧，总会歪打正着的。呵，可乐就喜欢歪打正着的感觉。

"老爸，调好了，您再试一下吧。"可乐一副大功告成的口气。

"哎哟，怎么是冷水呀？你不会公报私仇吧？今天老爸请你吃了德克士，你不能忘恩负义呀。"老爸怎么也变成老妈了？唠叨个不停！

听了老爸的话，可乐有些不服气了，生气地说："这个热水器只认老妈，不认本小姐。有本事，你自己出来调！"

说完，可乐就回客厅看电视去了。老妈小狗见可乐生气了，也不敢靠近她，蹲在茶几与沙发间的角落里，惊恐地看着可乐。

"你也有害怕我的时候？哈哈哈——"可乐好不得意。

"阿嚏——"老爸一边从卫生间里走出来一边打着喷嚏。他来到客厅，说："鬼丫头，这热水器一会儿冷一会儿热，都害得我感冒了，你还笑？"

老爸走进房间，一阵"稀里哗啦"的声响过后，便传出他不高兴的声音："'弹药库'究竟在哪里？"

"公安局长也找不到'弹药库'？太丢人了吧？"可乐总是忘不了讽刺老爸。

哈哈，老爸说的"弹药库"，就是老妈的百宝箱：里面有棉签、纱布、感冒药、止泻药、消炎药、紫药水……可是，可乐和老爸从来都没有关注过老妈把"弹药库"放在什么地方，这也太粗心了吧？

老爸在房间里找了一会儿，没有找到"弹药库"，便说："不找了，翻得太乱，你老妈回来，我可不好交代。明天再出去买点药。"

"听到没有？老爸一向是怕您的。"可乐小声地对老妈小狗说。

老爸有一个习惯，就是把手机闹铃和闹钟的闹铃同时调好，因为他担心其中一个出问题，影响他起床的时间。

这天晚上，老爸在睡觉的时候，对可乐说："可乐，明天老爸要早起出门，你把铁公鸡给我调到五点吧。"

老爸一直管闹钟叫铁公鸡，因为闹铃就是公鸡"喔喔"叫。

以往，都是老妈按老爸的吩咐调好铁公鸡。老妈虽然爱恐吓老爸，但对老爸的工作是极为支持的，从来不拖老爸的后腿。所以，在老妈的支持下，老爸从来没有迟到过。

可乐一边看电视一边为老爸调铁公鸡，《家有儿女》一剧中，刘梅问："孔子的老师是谁？"刘星回答："是钻子，没有钻子哪来的孔子呢？"逗得可乐哈哈大笑，闹钟也掉在地上，她赶紧捡起来，幸好没摔坏。

老妈小狗仿佛瞪了可乐一眼。要是老妈小狗会说话，她肯定会对可乐一阵唠叨，直到可乐捂着耳朵钻进被窝为止。

可乐躺在床上，偷偷地笑了好多次。把老妈变成小狗，真是天下第一大乐事了。

"喔喔喔——喔喔喔——"床头的铁公鸡叫了，可乐赶紧起床，使劲敲老爸房间的门："老爸，铁公鸡叫了，懒虫该起床了。"

老爸房间的灯亮了，他打开房间的门，揉了揉眼睛，说："我的手机闹铃怎么没响呢？是不是坏了？"

老爸拿起手机一看，皱着眉头说："手机上的时间，怎么才三点钟？"

可乐拿起闹钟一看：果然是凌晨三点钟！

坏了，肯定是可乐看《家有儿女》时，只顾着笑了，而没有把铁公鸡调好。

可乐躺在床上，怎么也睡不着了，便起床打开电脑，挂上QQ，带着她的QQ宠物逛购物街。老爸也没办法再入睡，便打开电视机，看起了足球比赛。

找上门来的恶老太

　　"小兔子乖乖，把门开开，快点开开，我要进来……"门铃响了，可乐从梦中惊醒，睁开眼睛一看，晕啊，太阳都照进窗户了！

　　谁在外面按门铃呢？可乐光着脚丫，跑到门边，老妈小狗已经守候在门边了。从门孔往外看，她再次晕倒：楼下的恶老太找上门来了！

　　"老妈，恶老太来了！"可乐冲着老妈小狗吐了吐舌头，说，"您不也最怕她吗？赶紧躲起来吧。"

　　老妈小狗好像听懂了可乐的话，赶紧躲到饭厅里去了。

　　恶老太究竟是什么人，连可乐也害怕？

有一次，可乐在家里砸核桃吃，突然门铃声大作，还伴随着"嘣嘣嘣"的敲门声。可乐打开房门一看，是楼下的老太婆。老太婆一脸恶气，吼道："在敲什么呀？天花板都快被敲穿了，耳朵都要被震聋了，哪根神经有毛病啊……"

天啊，别看这老太婆满头银发，还拄着拐杖，可是，她那嗓门，简直胜过张飞吼啊。知道《三国演义》里面的张飞吼吗？张飞的吼声，比打雷还厉害！

"对……对不起……我在砸……核桃……"一向伶牙俐齿的可乐结结巴巴地说，她也许是被老太婆的吼声给震怕了。

老太婆把拐杖狠狠在地上敲了几下，说："砸核桃？补脑？难怪，脑子不够用的家伙，是需要补补脑。记住，不要再弄出那样大的声响了。否则，你敲核桃，我就敲你的脑袋！"

老太婆的话，把可乐吓出一身冷汗。

从此，可乐就称楼下的老太婆为恶老太。

今天一大早，恶老太又来敲门了。可乐可不敢开这个门，她害怕恶老太敲她的脑袋。

可乐赶紧敲开了老爸的房门，吼道："救命啊，救命啊——"

老爸一惊，一个鲤鱼打挺，翻身起床，一把把可乐护在身后，紧贴着墙，压低声音问："什么情况？"

哈哈，老爸不愧为警察出身，动作迅速而且规范，好像真的遇上了身上捆着定时炸弹的恐怖分子。

"楼下的……恶老太……找上门来了！"可乐十分紧张地说。

一听是楼下的恶老太找上门来了，老爸长长地舒了一口气，说："这有什么好紧张的？把门打开，问她有什么事呀。"

"我不敢，她会敲我的脑袋。"可乐一边说，一边进了自己的房间。

在一阵急促的敲门声中，老爸开了门。

老爸彬彬有礼地说："请问您有什么……"

老爸的话还没说完，恶老太就使出了张飞吼："你这楼上的,拉尿就一次拉完吧,一直不断线地拉,我家的卫生间满墙壁都画满了地图,你得赔我装修费……"

可乐一听，就知道是卫生间漏水了。她赶紧跑进卫生间："我倒！"卫生间里，已经水漫金山了。脸盆里，放着老爸的衣服，水龙头没关好，水还在不停地往外流。一定是老爸做的好事！

唉，老妈小狗，都是你平常惯坏了老爸，只要您在家，他可是从来不洗衣服的呀。您总是说："你老爸工作忙，局里的事务就够他伤脑筋了，不能再让他为家务事操心。"

老妈小狗，您看看吧，现在老爸衣服没洗，水龙头没关，恶老太找上门，一声张飞吼，增加了噪声不说，还要赔偿装修费。

老爸点头哈腰地给恶老太说了许多好话，还承诺今天之内找装修工人，去给恶老太装修卫生间，恶老太才善罢甘休，下楼去了。

"唉，要是你老妈在，就不会发生这样的事情了。"老爸叹息着。

"汪汪——"老妈小狗从饭厅里跑出来，叫了几声，好像在说："看来，你们还是离不开我啊！"

老爸一边把脸盆里的衣服提出来，一边问："丫

头，几点了？"

"My God！"可乐看了一眼铁公鸡，便尖叫起来，"老爸，现在九点了！"

若不是恶老太来敲门，可乐和老爸不知道还要过多久才能起床。

"我迟到了！一个重要的会议！"厕所里的老爸大声说，"乖女儿，赶紧把皮鞋给老爸擦几刷子。再看看我的公文包里，有没有那份会议议程……"

"老爸，我不是您的秘书！我也迟到了！"可乐狂叫着，把书桌上的文具书本塞进书包，然后用梳子胡乱地梳了几下头发，又大声叫道，"金丝猴儿哥不会放过我的！"

"汪汪——"老妈小狗却在这个时候添乱，她咬住可乐的书包不放。可乐揪住老妈小狗的尾巴，疼得老妈小狗直咧嘴，只好放了书包。

可乐来到鞋柜前，刚穿好皮鞋，突然想到今天有体育课，体育老师要求必须穿运动鞋。可乐在鞋柜里翻找着前不久老妈给她买的运动鞋，可就是找不着。

"老妈，我的运动鞋哪里去了？"可乐像平常一样大吼着。但她突然想起：老妈已经变成小狗了。

已经来不及了，再不抓紧时间，就要当成旷课半天处理了，金丝猴儿哥一定不会放过她的！

可乐穿上一双白面软底的皮鞋，飞奔下楼。她准备用这双白面软底的皮鞋蒙混过关。

刚到楼梯拐角处，可乐就莫名其妙地紧张起来：她害怕遇到早上敲门的恶老太。

越是紧张，可乐就越是心惊胆战，走起路来就越是像喝醉了酒似的不稳。可乐走到恶老太的门前时，心跳得特别厉害，仿佛屋里随时会钻出来一个老巫婆似的。

"咚——"的一声响，可乐居然摔倒了，她的头重重地撞在恶老太家的防盗门上。可乐觉得头疼得厉害，腿也摔得麻酥酥的，不听使唤。

正当可乐从地上爬起来，一瘸一拐地准备离开的时候，恶老太的那扇门"嘎吱"一声，开了。

"死丫头，上次没敲坏你的脑袋，你是不是不甘心？今天一定要送上门来？"恶老太从门内探出脑袋，阴阳怪气地说，"下次再让我逮着你，我一定不会放过你。"

恶老太说完，"砰"的一声响，重重地关上了门。

闪现在可乐面前的，分明是一张可怕的老巫婆的脸。

可乐像丢了魂儿一样飞快地跑到学校，半天说不出一句完整的话来。

金丝猴儿哥摸了摸可乐的头和手，都是冷凉的，他爱怜地说："这孩子，一定是生病了，还坚持学习，可真够难为你了。"

可乐就喜欢这样歪打正着，明明是迟到了，被恶老太吓坏了，却被误认为生病了。最主要的是，眼看着要挨惩罚的时候，却得到了金丝猴儿哥的同情。

好一个歪打正着！

可乐老爸从厕所里出来的时候，已经不见了可乐的踪影。他只得自己一边收拾公文包，一边说：

"唉，我可成孤家寡人了。没有老婆的日子，还真是一团糟啊。"

可乐老爸出门的时候，老妈小狗咬住了他的裤脚，也想跟去。可乐老爸拍了拍老妈小狗的头，说："乖，待在家里，趁可乐老妈不在，你也过几天幸福日子吧。她回来后，就是你受难的开始。"

眼看着可乐老爸离去，老妈小狗无可奈何地在家里走来走去。

泡泡里的尖叫

"可乐，你怎么连续两天都迟到了？"课间休息的时候，鸡翅奇怪地望着可乐，问道，"以前，你总是很准时的呀。"

这会儿，可乐的肚子正在闹空城计，她哪有工夫回答鸡翅这些无聊的问题呀！可乐三步并作两步地跑到学生超市，买了两个面包和一瓶脉动，狼吞虎咽地吃了起来。

"哇噻，可乐，原来，你也有饿狗扑食的时候啊？"鸡翅大惊小怪地说。

嘴里塞满了面包的可乐，狠狠地瞪了鸡翅一眼。这鸡翅，就是不长脑子，居然拿可乐骂汉堡的话来骂她。

　　可乐填饱了肚子，便又神气十足了。

　　上体育课的时候，可乐因为没有穿运动鞋，担心被罚，她便假装捂着肚子，向体育老师请了假。体育老师对鸡翅说："孙飞飞，你把她扶到医务室去吧。"

　　哪知鸡翅却当着全班同学的面说："可乐，你肚子疼？刚才还吃了两个面包，喝了一瓶脉动呢，是不是吃得太饱了撑疼的？"

　　"嘿嘿，如果再让她吃两块鸡翅，肯定能够止痛。"薯条小声地嘲弄着鸡翅。

　　可乐气得翻白眼。幸亏体育老师正在弯着腰平沙坑，没有听到鸡翅和薯条的话。

　　可乐和鸡翅回到了教室里。

　　可乐是一个心里装不住秘密的人，她把嘴巴凑到鸡翅的耳边，神秘地说："我有一个全世界只有我知道的秘密。"

　　鸡翅惊讶得张大了嘴巴，说："我从来没有拥有过这样的秘密，能告诉我吗？"

"我把老妈变成了小狗。"可乐一字一句地说。

"啊?"鸡翅不敢相信可乐说的是真话,她的眼睛瞪得圆圆的,仿佛看到了怪物,她结结巴巴地说,"这……是真的……还是……假的?"

鸡翅这种神情,可乐已经见怪不惊了,她补上一句:"千万不要告诉别人啊。"

不过,可乐马上就后悔了,她不相信傻乎乎的鸡翅会帮她守住这个秘密。

吃过午饭,同学们都在教室里做作业。鸡翅一副心神不宁的样子,她一会儿望望薯条,一会儿望望汉堡,一会儿又望望可乐。

鸡翅是一个装不住秘密的人,不把这个秘密说出来,她就憋得慌。终于,鸡翅写了两张相同的纸条,上面写着:

可乐把她的老妈变成了小狗。请守住这个秘密。

鸡翅背着可乐,偷偷地把这两张纸条分别递给了汉堡和薯条。

汉堡和薯条哪里还沉得住气啊,他们不顾霉球儿班长的监督,把可乐拉到了教室门外。

薯条抑制不住内心的兴奋,问:"你真的把你老妈变成了小狗？"

可乐一听，就知道是鸡翅走漏了消息，她不动声色地说："要不要我把你们也变成小狗？"

可乐这么一说，汉堡赶紧摆摆手，倒退了几步，说："使不得，使不得，变成了小狗，就只有啃骨头的份了，哪还能吃得上汉堡？"

可乐"扑哧"一声，笑了起来。

"我不想变成小狗，但我想看看你老妈变成小狗后的模样。"薯条说，"你能带我们去看看吗？"

"这……"可乐拿不定主意。老妈被自己变成了小狗，难道还值得炫耀吗？

汉堡的好奇心也被薯条挑起来了，他对可乐说："只要你愿意带我去看看你老妈变成的小狗，我愿意用我这个月的零花钱，请你去吃麦当劳。"

一听有麦当劳吃，可乐就乐坏了。

来到麦当劳里，汉堡讨好地说："可乐，你想吃什么？"

"我想吃什么？哈哈——"可乐哈哈大笑，"除了不喝可乐，我什么都吃！比如汉堡、薯条、

鸡翅……嘿嘿！"

　　要是在平时，薯条肯定会与可乐PK一次。但是，今天他看在想看可乐老妈变的小狗的份上，不与可乐计较。

　　平时最贪吃的汉堡，今天也吃不下了。一来，今天吃的是他口袋里的钱；二来，他想早些看到可乐老妈变的小狗。

　　可乐一阵狂扫，吃得撑到了脖子，才从麦当劳里出来。可是，她后悔了，她不想带薯条、汉堡和鸡翅去看老妈小狗。

　　"你……你们还是……回……回去吧，"可乐抹了抹嘴上的油，说，"过几天我请你们吃肯德基。"

　　首先沉不住气的当然是汉堡，因为这次吃麦当劳是他付的钱。汉堡打开嗓门，吼道："你要是不讲信用，那好，我们拉倒！"

　　汉堡说完话，转身就要走。

　　"你等一下，让我想想。"可乐不愿意成为一个不讲信用的人。

　　"可乐，你看，你嘴上的油还都没擦干净呢。"鸡翅本来是一片好心，还递上一张纸巾。

可乐却白了鸡翅一眼，说："关键时刻，你怎么老是变成白眼狼？亏我平时总是护着你。"

"就是嘛，刚把东西吃进肚子，嘴上的油还没擦干净呢，怎么就翻脸不认人了？"为了看小狗，一向不怎么会说话的汉堡，也变得能说会道了。

薯条说："汉堡，说话不要那么难听呀。可乐绝对不是那样的人。"薯条最狡猾，在关键时刻，他的话老是放在最后说，但绝对是一针见血。

不得已，可乐把薯条、汉堡和鸡翅带到了家里。

他们不约而同地分头找老妈小狗，卫生间、卧室、床底下、饭厅里……该找的地方都找过了，就是没有看见老妈小狗的踪影。

"跑到哪里去了呢？"可乐一头雾水，"不会是老爸把她带出去出席晚宴了吧？"

"你不是说你老妈变成小狗了吗？你老爸还带她去出席晚宴？"薯条总是反应最快的一个。

薯条说完后，坐在沙发上不说话，汉堡歪着嘴巴显出不满的神情，只有不长脑子的鸡翅还在傻乎乎地围着沙发找。

"我们玩魔兽世界吧。"可乐讨好地说。

没有人搭理可乐。

"我们去看电影吧？超级恐怖的鬼片，超级刺激。"可乐知道薯条和汉堡最喜欢这个。

还是没有人搭理可乐。

"我给你们做一杯加冰块的超级可乐吧。"这回，可乐不管有没有人搭理她，自顾自地朝冰箱走去，她想打破这种尴尬。

"老妈，你怎么在这里呀？"随着可乐的一声尖叫，薯条箭一般地冲了过去，随后跑过来的是鸡翅，最后到的当然是最胖的汉堡。

原来，老妈小狗钻进冰箱里去了！只露了一个尾巴在外面。可乐也许是吓坏了，忘了打开冰箱的门。

薯条赶紧把冰箱门打开，只见老妈小狗还抓着一块鸡翅。

"哈哈，可怜的鸡翅！"薯条大笑着望了鸡翅一眼。鸡翅瞪了薯条一眼，说："明天，我把所有的零花钱都买成薯条，分给同学们吃。"

可乐把老妈小狗从冰箱里抱出来，老妈小狗已

经被冻得浑身直哆嗦了。

"老妈，你怎么这么傻啊？"可乐急得哭了。

"赶紧给她洗个热水澡吧，不然会患重感冒的。"鸡翅说完，抱着老妈小狗就朝卫生间跑。

"天哪，怎么是冷水？"鸡翅大呼起来。

"薯条，给你一个光荣的任务，赶紧把我们家的热水器调出热水来。"可乐把自己不会做的事情交给了聪明的薯条。

想到洗过热水澡的小狗，都要用电吹风把毛吹干，可乐就忙着找电吹风去了。

薯条就是聪明的薯条，不到十秒钟，他就把热水调好了。

"汉堡，你别做旁观者啊，赶紧挤些沐浴露出来。"鸡翅大叫着。

汉堡找到沐浴露，使劲一压喷头，"扑哧、扑哧"一阵响，给老妈小狗的身上喷了好多沐浴露。

"够了够了——"鸡翅急忙喊道。

"汉堡，用不了那么多沐浴露，你以为可乐老妈像你一样很多天不洗澡啊？"薯条打趣着。

洗完了澡，可乐就开始用电吹风给老妈小狗吹湿漉漉的毛。

　　这一吹可不得了：一串串五颜六色的泡泡，从老妈小狗的身上钻出来。泡泡越来越多，越来越美丽，乐得可乐舍不得放下电吹风。

　　慢慢地，五颜六色的泡泡充满了整个屋子。

　　老妈小狗的身子不冷了，她高兴地在房间里跳了起来。

　　"啊——洗泡泡澡啊——真是太过瘾了——"

　　"啊，啊——让所有的作业都见鬼去吧！"

　　"啊——啊——啊——要是我们的老妈也能变成小狗，该有多好——啊——"

　　……

　　他们在屋里尖叫着，蹦跳着。

　　"可乐，有鬼！"鸡翅的声音突然变了调。

　　仔细一看，这些泡泡里，真的有几个黑影！

　　"啊——有鬼——"可乐也跟着尖叫起来，她和鸡翅都躲到汉堡和薯条的背后。

　　"这些小鬼，迟早会被扫把精掳走的。"天啊，

"张飞吼"又出现了。是恶老太的声音，可乐非常熟悉的可怕的张飞吼。

"恶老太来了！"透过泡泡，可乐看到了一张老巫婆的脸，在门口一闪，就不见了。

恶老太离开后，屋子里的泡泡渐渐地散去了。

原来，他们刚才看到的鬼，是几位警察。他们接到报警，有人说这里发生了惨案，房间里一直有人在尖叫。警察敲不开门，只好开了锁。

"以后，不要再这样尖叫了，既影响邻居，又造成了惨案假象……"警察走了，四个小鬼在屋里偷笑了好久。

恶老太的拐杖

"可乐，你是怎么把你老妈变成小狗的？"鸡翅问。

可乐想了想，说："我说一声'变变变，变小狗'，老妈就变成小狗了。"

"可乐，你真了不起！"汉堡用崇拜的眼光看着可乐，说，"从今以后，我就是你最最忠实的粉丝了。"

鸡翅也赶紧讨好可乐："可乐，你不会哪天也把我变成什么吧？不过，变什么都可以，就是不要把我变成小狗。你想想看，小狗身上长着鸡翅，那成什么怪物了？"

　　只有薯条不相信可乐的话，他说："可乐，要是你叫一声'变变变，变成小狗'，你老妈就变成了小狗的话，那么霉球儿班长早就被你变成一个任我们踢来踢去的足球了，金丝猴儿哥可能早就被你变成一只猴子了，我们也有机会耍猴儿戏了。"

　　可乐知道自己是骗不过薯条的，如果再骗下去，最终是骗得自己无话可说。

　　唉，干脆招了吧。

　　可乐从衣橱里取出那把女巫的扫把，说："我就举着这把扫把，围着老妈转了一圈，老妈就变成小狗了。"

　　可乐说完，就举起扫把，准备转一圈给他们看。

　　"别别别，你不能转圈，我不想变成小狗啊！"汉堡吓得赶紧躲到了茶几后面。

　　鸡翅和薯条同时躲到了可乐的身后。

　　可乐放下扫把，说："你们都是胆小鬼！这扫把的魔法，只能用一次，并且只能用在我老妈身上。"

　　听可乐这么一说，薯条、汉堡、鸡翅都松了一口气。

"汪汪——汪汪——"老妈小狗一口咬住可乐手里的扫把不放。

"可乐，还是把你老妈变回来吧，瞧，她多可怜呀！"鸡翅说着抱起老妈小狗，爱怜地说。

可乐却撇了一下嘴，说："我老妈最不喜欢我养小狗，也最不喜欢我养的小狗，我要让她也尝尝做小狗的滋味。"

"可是，你现在对她也不错啊，她尝不到被人虐待的滋味呢。"薯条说。

汉堡翻了几下眼皮，说："可乐，我有一个好主意，让你老妈小狗尝尝被虐待的滋味。"

可乐斜了汉堡一眼，说："你能有什么好主意？说出来听听。"

汉堡清了清嗓子，说："叫你老爸娶一个后妈，她肯定除了会虐待你，还会虐待你的老妈小狗。"

"住嘴！"可乐大声喝道，"你真是狗嘴里吐不出象牙！你尽会出馊主意！我宁可变成小狗，也不要后妈！"

薯条掐了一下汉堡的手臂，说："这就是你讨

好卖乖的后果。"

汉堡知道自己说错了话，便及时闭了嘴，不敢再乱开口。

"可乐，你还是把你的老妈小狗变回去吧，要是你老爸真为你娶个后妈，你和你的老妈小狗，可怎么过呀？"鸡翅真的有些担心，她把老妈小狗放到了地板上。

鸡翅这么一说，可乐还真有些动摇了，她拿着扫把，围着老妈小狗转了一圈。可是，老妈小狗还是一只小狗呀，怎么会变不回来了呢？

"魔法失灵了？"汉堡赶紧跑过来，想抢可乐手里的扫把，"给我瞧瞧，这是哪里来的虾米，竟然能把人变成小狗？"

可乐急忙把扫把举过头顶，说："不许动！你再动，扫把就更没有魔法了。"

"既然扫把的魔法失灵了，那就把它扔了吧。"鸡翅说。

可乐也同意鸡翅的看法，她拿着扫把走到门口，准备打开大门。

"真是头发长见识短。"薯条一副智者的模样，

"它今天没有魔法，不等于明天也没有魔法啊。"

"对对对，说不定，它睡上一觉，魔法就恢复了呢。"汉堡随声附和。

可乐又开始觉得薯条和汉堡的话有道理，她说："也是，老妈是被它变成小狗的，到了适当的时候，它总得帮我把老妈变回来吧？"

"你还是把扫把放回原位吧。"薯条说。

可乐拿着扫把，走进卧室，打开了衣橱的门——

天啊！恶老太那张老巫婆的脸，在衣橱里闪现，她阴阳怪气地说："私拿我的拐杖，是有罪的。不要告诉任何人你看见过我，否则有好戏看！"

可乐以光速一百分之一的速度，把扫把丢进衣橱里，又以闪电般的速度跑出了卧室。

老妈小狗也吓得藏到了沙发背后。

"可乐，房间里有鬼呀？一百米短跑的时候，怎么没见你跑得这么快？"薯条发现可乐有些不对劲。

只有几米远的距离，可乐却跑得上气不接下气，是有些不正常，眼睛紧盯着衣橱。

"不会是衣橱里有妖怪吧？"鸡翅总是喜欢一惊一乍的。不过，这次，鸡翅的确没有错。

汉堡做出一副大无畏的英雄模样，说："我倒要看看，衣橱里究竟藏着何方妖怪。"

汉堡说完，便朝可乐的卧室走去。他打开衣橱的门，里面除了躺着一把扫把外，什么也没有。

"真是大惊小怪！"汉堡一边说一边走出了卧室，"有我汉堡在，再神通广大的妖怪也只得逃之夭夭，想当年……"

汉堡的话还没说完，只听"呼啦——"一声响，可乐刚才放进衣橱里的那把扫把，从衣橱里飞了出来，飞到客厅里，围着汉堡转圈。

"啊——不要把我变成小狗啊——"汉堡抱着头，尖叫着。

"哼——"一个声音在衣橱里响起，"不知天高地厚的家伙，我要让你尝尝我的厉害。"

只听"呼啦啦——"一阵响，扫把飞回了衣橱里，汉堡也被一股不可抗拒的力量拉进了衣橱。

这个声音就是楼下恶老太的声音啊，怎么钻到衣橱里去了？可乐吓得张大嘴巴闭上眼睛，说不出话来。

眼见着汉堡被拉进了神秘的衣橱，薯条和鸡翅也懵了。

怎么办？

就在这时，响起了钥匙开门的声音，是可乐的老爸回来了。

"哟，家里还有客人啊？"可乐的老爸回到家里，可不像抓罪犯时的模样，他是那样的亲切，一点都不像紧握手枪追捕罪犯的警察。

"怎么缺了一个？汉堡呢？"薯条、汉堡和鸡翅是可乐家的常客，现在缺了一个，可乐老爸当然一目了然。

可乐、薯条和鸡翅还是愣在原地不动，他们的眼睛都紧盯着可乐卧室里的衣橱。以可乐老爸的职业习惯，他肯定也对衣橱产生了兴趣。

这时，老妈小狗从沙发背后跑出来，咬着可乐老爸的裤腿，把他往可乐的卧室里拖。

可乐老爸毕竟是久经沙场的公安局长，他轻轻地走进可乐的门口，用那双锐利的眼睛，快速地扫

过整个房间，并无异样。然后，他走到衣橱前，以迅雷不及掩耳之势打开了衣橱的门，然后将身子紧贴在门后，侧着耳朵倾听里面的动静。

"啊——"

客厅里的可乐、薯条和鸡翅尖叫起来，因为他们同时看到了一张老巫婆的脸，一闪而过。

老妈小狗又躲到了沙发背后。

可乐老爸不敢再迟疑，他确信孩子们一定是看到了什么，他不顾个人安危，挡在了打开的衣橱前。

"真是大惊小怪！"可乐老爸长长地舒了一口气，他什么也没看到。

"可是……老爸……汉堡……已经被……老……巫……巫婆拖进……衣橱里……去了……"一向伶牙俐齿的可乐，今天好不容易才把这句话说完。

可乐的老爸瞧了瞧可乐，又摸了摸她的额头，奇怪地说："可乐，你没感冒发烧吧？"

"绝对是真的，我们亲眼看见了！"薯条也说话了。

鸡翅见大家都在说话，她也鼓足勇气说："叔叔，是真的，汉堡被老巫婆拖进衣橱里了。"

一个人说城外有老虎，大王不会相信。两个人说城外有老虎，大王也可能不相信。如果三个人都说城外有老虎，大王肯定坚信不疑。

可乐、薯条、鸡翅都说汉堡被拖进了衣橱，可乐的老爸就坚信不疑了。

"究竟是怎么回事？"可乐的老爸问。

"是扫把……女巫的扫把……"可乐还在害怕，也许，她还担心老爸知道她把老妈变成了小狗这一秘密。可乐一边说，一边扯着薯条和鸡翅的衣角，示意他们不要说出老妈小狗的秘密。

"唉——"可乐的老爸叹了一口气，说，"世界上不能用科学来解释的谜，终究还是让我给碰上了。看来，只得面对了。"

可乐的老爸让三个孩子先行一步，他认为衣橱里的女巫肯定在躲着自己，等三个孩子找到了女巫的藏身之处，他也会紧跟而去的。

可乐和鸡翅有些迟疑，平时再怎么喜欢PK和疯玩，但她们毕竟是女孩子呀，面对从来没有接触

过的老巫婆，她们还真不敢贸然前去。

"汉堡还在老巫婆那里呢，我们不能袖手旁观啊！"薯条说，"平常，他也没有少带我们进德克士、肯德基和麦当劳吧。"

薯条说完，就像一个大无畏的勇士一样，走进了可乐的卧室，可乐和鸡翅也跟在薯条后面。薯条猛地打开了衣橱的门，大声说："老巫婆，我们都是汉堡的朋友，我们有难同当，你若是不放了汉堡，就让我们也一起进去吧。"

这时，衣橱里出现了一个小黑洞，从小黑洞里探出一张老巫婆的脸，同时还伸出一双长着长长的爪子的黑黑的手，一下子就把可乐、薯条和鸡翅给拉了进去。

可乐的老爸和老妈小狗赶到的时候，衣橱已经恢复了原状。

巫婆岛

老巫婆仔细地端详着可乐、薯条和鸡翅，然后阴阳怪气地说："其实，你们经常从我的巫婆岛经过，我们也算是朋友了。"

可乐心里直发冷，这老巫婆，不就是楼下那个说话像张飞吼的恶老太吗？不就是那个要像敲核桃一样敲自己的脑袋的恶老太吗？不就是那个大清早跑到这里来讨要装修费的恶老太吗？只不过，现在她手里多了一根镶着蓝宝石的拐杖。

"谁愿意和一个恶老太婆做朋友啊！"可乐小声嘀咕着。

"少啰唆！抓住我的拐杖，闭上眼睛，跟我走。"

老巫婆恶狠狠地说，"否则，在我的巫婆岛上迷了路，谁也救不了你们。"

可乐、薯条和鸡翅紧紧地抓住老巫婆的拐杖，一点也不敢马虎。

嗬，老巫婆居然飞起来了，可乐、薯条和鸡翅的耳边响起了"呼呼"的风声。飞起来的感觉真好，所以，他们并没有感到有多害怕。

其实，可乐真不愿意这老巫婆就是楼下的恶老太。恶老太再凶恶，也比巫婆好啊，因为在传说中，巫婆是最喜欢做坏事的家伙。

"到了。"老巫婆说，"你们先享受一下这里的新鲜空气。"

"好臭啊！"可乐、薯条和鸡翅都不约而同地捂住了鼻子。

这里可真是恶臭难闻啊！

老巫婆生活的地方，是一个小岛，小岛上有一座用怪石砌成的小屋。小岛的四周，是一片冒着气泡的沼泽。

这臭味，就是从沼泽里冒出来的。

"我这里可算是世界上空气最清新的小岛了。"老巫婆说，"你们能来到这里，是你们一生的大幸！"

可乐再也忍不住了，她捏住鼻子，瓮声瓮气地说："快把汉堡放出来，我们要回去。"

"汉堡？交出汉堡？哈哈哈——"老巫婆一阵狂笑，"我要用这清新空气做调料，把他熏成最最美味的汉堡，然后再慢慢地享用，哈哈哈——你们还想回去？我打算用沼泽地里冒出的气儿，把你们一个个都熏成天底下最鲜的美味，哈哈哈——"

老巫婆的话，让可乐、薯条和鸡翅吓得冒了一身冷汗。

老巫婆笑到喘不过气才停下来。她用拐杖指着沼泽地的中央，说："看，那棵树上吊着的，就是我美味儿的汉堡。"

可乐、薯条和鸡翅朝着老巫婆所指的方向望去：那里有一棵怪异的枯树，好像就是从半空中长出来的。枯树上吊着一个东西，正在不停地摇晃。

鸡翅紧紧地抓住可乐的手，用颤抖的声音说："我怕……"

一向自称不怕死的可乐也害怕起来，她小声说：

"要是被熏得一身恶臭，死了也进不了天堂了。"

"薯条，赶紧拿出你的'薯条大计'，救救我们吧。"鸡翅哀求着。

头脑最清醒的要数薯条了，他镇静地说："只要老巫婆不马上吃掉我们，我们总会想出办法的。"

其实，薯条心里也害怕着呢。可是，他是男子汉呀，如果他都慌了，两个丫头还不吓破胆？

"你们在这里老老实实地待着，如果乱跑，迷了路，你们就只好当饿死鬼了。"老巫婆说，"我要去看看汉堡熏得怎么样了。"

老巫婆说完，把那根拐杖放在胯下，拐杖马上就变成了一把扫把——就是可乐把老妈变成小狗的扫把。老巫婆骑着扫把，飞了起来，直向沼泽地中央飞去。

"哇噻，好神奇哦！这就是传说中的骑扫把的女巫，或者是骑女巫的扫把？"鸡翅觉得自己真是大开眼界了。

不多一会儿，老巫婆骑着扫把回来了，她得意地说："我把那小子的皮扒下来了。"

"啊？扒皮？"可乐和鸡翅都尖叫起来。

"老巫婆，你扒了汉堡的皮，不是让他活受罪吗？"薯条说，"汉堡哪里得罪你了？"

听了薯条的话，老巫婆"嘿嘿"地笑了几声，说："你们这些胆小鬼！我不过是扒了他身上穿的那件皮衣，隔着皮衣，沼泽地冒出的气只能熏着他的皮衣，熏不着他的肉，我只能这样做了。"

听了老巫婆的话，可乐、薯条和鸡翅才舒了一口气。

"你们给我老老实实地待在这里！如果你们乱跑迷了路，被巫婆岛上的小老怪碰上，你们很快就会没命的。"老巫婆一边朝屋里走，一边说，"我要睡一觉，再起来吃美味的汉堡。"

老巫婆走进那间神秘的小屋里去了。

"薯条，赶快拿出你的'薯条大计'吧，关键时刻你得大显身手了。"可乐对薯条说。

鸡翅也嘟着嘴说："该出手时不出手，噩梦永远跟你走。"

"闭上你的乌鸦嘴！"薯条说，"此刻，我们要用的计谋就是'以静制动'，静下心来想办法，对付这变化多端的巫婆岛。"

可乐说："我的局长老爸说过一句话：'敌退我进。'现在老巫婆睡觉去了，我们沿着岸边找一找吧，兴许能找到一条通往沼泽地中央的路，救出汉堡。"

可乐、薯条和汉堡沿着沼泽地的边缘，寻找着可以通往沼泽地中央的路。

"快看！"可乐兴奋地叫了起来，"踩在这些石头上，我们就可以去救汉堡了。"

原来，沼泽地里有一些凸出来的石头，就像一个个的跳墩儿。

可乐、薯条和鸡翅不管三七二十一，就踏上了这些跳墩儿，向沼泽地的中央走去。

"一、二、三、四……"鸡翅跳过一个跳墩儿，就数一下。当鸡翅数到第十个跳墩儿的时候，最让人担心的事情发生了——

只听"哎呀"一声尖叫，鸡翅踩着的那个跳墩，像缩头乌龟一样，缩进沼泽地里去了，鸡翅掉进了沼泽地里。

"救救我，好臭啊！"鸡翅的身子正在往下陷，

她拼命地挥手。

薯条急忙喊道:"倒下身子,不要乱动。"

别看鸡翅平常傻乎乎的,经常记不住金丝猴儿哥安排的任务,但在这紧要关头,她还是听明白了薯条的话,把身子倒了下来。

鸡翅没再往下陷。

薯条和可乐站在各自的跳墩儿上,也不敢贸然前行了。

"哈哈,这里好久没有这样热闹过了。"

是谁在说话?这里还有另外的人?

巫婆岛上的小老怪

可乐、薯条和鸡翅循着声音看去，只见一个小老头，正踩着一个一个的跳墩儿，做着许多惹人发笑的动作：一会儿来一个金鸡独立，一会儿来一个鹞子翻身，一会儿又假装摔个狗啃泥……

"哈哈，就像马戏团里的小丑！"鸡翅忘了自己身处危险中，还高兴地叫了起来。

小老头渐渐地向这边走来。

"他肯定就是老巫婆所说的小老怪！"可乐差一点就叫出声来。

这小老怪，眉毛比头发长，眼睛比嘴巴大，长长的鼻子上，挂着一个红葫芦，下巴上有三根蓝胡

子，每根胡子上都吊着一个小酒杯。

"喝一杯。"小老怪的话音刚落，一个小酒杯就自动把酒倒进了他的嘴里。然后，红葫芦也好像得了谁的命令一样，把刚才空出来的酒杯给倒满了。

"小老怪，救救我们吧。"可乐刚把话说完，她就后悔了。是啊，一见面就叫人家小老怪，人家会不会生气啊？

没想到小老怪却满脸笑容地说："终于有人陪我玩会儿了，这巫婆岛上的日子，过得太寂寞了。"

"那你为什么还要待在这里呢？"薯条说，"你把我们救起来，和我们一起出去吧，外面太好玩了。"

小老怪突然奇怪地打量着可乐、薯条和鸡翅，又喝了一杯酒，说："你们是从哪里来的？不会是偷偷进来的吧？要是让老巫婆发现，就惨了！她最喜欢吃臭气熏出来的东西。"

是啊，汉堡就正被臭气熏着呢。

小老怪似乎对薯条产生了浓厚的兴趣，他盯着

薯条，看了好半天，慢吞吞地说："这条牛仔裤……好看……"

说完这话，小老怪的脸红了。

"我这条牛仔裤，如果穿在你的身上，你就变成酷酷的小老怪了。"聪明的薯条，永远都不会错失良机，"说不定，这巫婆岛上的老巫婆也会喜欢上你哦。"

小老怪的脸更红了，他高兴地喝了一杯酒，说："开个价吧，我买了。"

小老怪从口袋里掏出一叠崭新的钞票，在薯条的面前晃了几下。

"你和小老怪斗，估计是偷鸡不成，倒蚀一把米。"可乐悄悄地对薯条说。

薯条很自信地说："我蚀一把米，准能偷到一只肥肥的鸡。"

"蚀米偷鸡，薯条的又一条大计诞生了。"可乐偷笑着。

小老怪是喜欢上薯条那条牛仔裤了，但薯条不愿意要他那些崭新的钞票。小老怪紧皱着眉头，问：

"你连钱都不喜欢，那你想要什么？"

薯条说："你先把鸡翅救起来吧。"

"哈哈哈，鸡翅？这个小丫头叫鸡翅？"小老头笑得直不起腰，"啊哈哈，看来，光有翅膀，还是飞不起来的。"

小老怪又喝了一口酒，他从胡子上取下一个酒杯，向鸡翅扔去。酒杯落在鸡翅的旁边，马上就变成了一个大大的跳墩儿，鸡翅使出吃奶的力气，才爬上了那个跳墩儿。

不过，小老怪胡子上的酒杯，却一个也没有少。

"把你的牛仔裤给我吧。"小老怪一副迫不及待的样子。

薯条说："你再把沼泽地中央的被臭气熏着的汉堡救出来吧，他老爸开了个牛仔服生产公司，你会有穿不完的牛仔裤。"

听薯条这么一说，小老怪两眼放光，他像个小孩子似的乐呵呵地说："好啊好啊，看我的。"

这绝对是一个善良的小老怪！

小老怪又喝了一口酒。只听"噗"的一声，从小老怪的口里喷出一股水雾，一直喷向沼泽地

的中央。

一瞬间，这股水雾变成了一座彩虹桥，彩虹桥上汉堡正朝这边跑来。

"哎呀，真是太臭了！"汉堡一边跑一边说，"回去，我非得用三百块香皂洗八百遍澡不可。"

可乐、薯条、汉堡和鸡翅回到了老巫婆的屋子旁边。

"这回，你得把牛仔裤给我了吧？"小老怪乐呵呵地说。

"可乐、鸡翅，你们转过身去。"薯条说完，就脱下牛仔裤，递给小老怪，并换上了小老怪那条又短又破的裤子。

小老怪穿上牛仔裤，哼着小曲儿，开心地走了。

"小老怪，再见！"可乐他们向小老怪挥手再见。

"等一等，"刚走出几步远，小老怪又追了上来，他对汉堡说，"你老爸有一家牛仔服生产公司？下次再来时，一定记得给我带一条牛仔裙来。"

小老怪说这话的时候，脸又红了。

"啊？小老怪也要穿裙子吗？"汉堡惊讶地说。

"这你也不知道，小老怪一定是给他的夫人要的裙子。"可乐说。

可是，汉堡犯难了，他说："我老爸没有……"

薯条赶紧掐了一下汉堡的胳膊，把汉堡的话接了过来："汉堡老爸的牛仔服生产公司，没有生产牛仔裙。"

小老怪失望地说："唉，那就算了吧。"

小老怪说完，回过头，又像马戏团的小丑一样，开始在沼泽地里的跳墩儿上跳了起来。

小老怪离开以后，巫婆岛上又开始弥漫着恐怖的气息。

"我们赶紧离开这里吧，这里真是太恐怖了。"鸡翅吓得有些发抖。

"是啊，快走吧，我还要回去洗澡呢。"汉堡也想赶紧离开这里。

可乐想了想，说："我总得把老巫婆的扫把带走吧？否则，我老妈永远也变不回来了。"

可乐的话一说完，他们三个都看着薯条，好像在说：看你的了。

是啊，薯条有使不完的"薯条大计"，在这紧要关头，总得发挥作用吧？

薯条眉头一皱，心生一计："薯条大计，偷为上计。"

哈哈，这算什么大计呀？偷也是计谋？不过，面对老巫婆，也只有用这样的计谋了。

"快看，小老怪回来了。"眼尖的鸡翅小声说。

"先躲起来再说。"薯条说完，他们就躲在了小屋的后面。

小老怪一边走一边嘀咕着："该死的老巫婆，到做晚饭的时间了，还赖在床上。"

只听"嘎吱"一声响，小老怪推开了老巫婆的房门。

"你上午减肥下午睡觉，绝对是越减越肥！"小老怪还在嘀咕。

哈哈哈，老巫婆居然是个爱美的巫婆，还减肥呢。不过，老巫婆肯定睡得正香，她没有听见小老怪的话，因为没有听到她回话。

"我们进屋去看看。"薯条做了个进屋的手势。

轻轻地，轻轻地，可乐他们来到了门口。老

巫婆的拐杖，也就是那把扫把，就放在老巫婆的床边。

小老怪一杯又一杯地喝着酒，他那鼻子上的红葫芦里，好像有永远也倒不完的酒，它一刻不停地往小老怪胡子上的酒杯里倒酒。

醉了，小老怪醉了！他歪倒在一旁。

"可乐，行动！"薯条压低嗓子说。

可乐蹑手蹑脚地进了房间，她的双腿在发抖。但是，为了老妈，她还得鼓足勇气。

可乐拿到了扫把，可是，她的手也抖得厉害。这一抖，扫把就奏出了音乐："小老怪啊小老怪，就是想讨巫婆爱，巫婆天天忙减肥，哪里在乎小老怪……"

"别唱了别唱了，你就是唱上一千遍，也还是个小老怪。"老巫婆的声音，吓得可乐瘫软在地。门外的三个人，也一溜烟躲到屋后去了。

趴在地上的可乐，闭着眼睛，等着老巫婆来抓自己，再吊到沼泽地中央的那棵枯树上，用臭气熏烤，然后变成老巫婆美味的晚餐。

可是，房间里一点动静也没有。可乐偷偷地睁

开眼睛一看，老巫婆只不过是翻了个身，又睡着了。

可乐不敢再迟疑了，她捡起摔在一旁的扫把，一溜烟跑出了老巫婆的房间。

薯条见可乐成功地偷到了扫把，便喊了声"快跑"，大家就拼命地朝一个方向跑去。

可是，他们跑得上气不接下气，却还在围着沼泽地旁边转，根本就不知道从哪里可以逃出巫婆岛。

"我喝，我快乐地喝。"在这里，居然又看到了小老怪，他一边喝酒一边唱歌："我是小老怪，人见人爱的小老怪。巫婆忙减肥，理也不理小老怪……"

"嗨，小老怪。"可乐热情地朝小老怪挥手。在她眼里，小老怪并不坏。

"赶紧把扫把藏起来！"薯条对可乐说。可乐赶紧把扫把藏在身后。

可是，小老怪并没有注意可乐手里有没有什么东西，他盯着可乐的那双红皮鞋看。

"小老怪看上可乐的红皮鞋了。"汉堡笑着说。

鸡翅也乐开了，她对小老怪说："要是你穿上红皮鞋，帅呆了。"

听了鸡翅的话，小老怪很开心。他又从口袋里掏出一叠崭新的钞票，在可乐面前晃了晃，说："把你的红皮鞋卖给我吧？"

"My God！"小老怪居然要穿红皮鞋?!可乐一副不可思议的样子。

"他是给老巫婆买的。"薯条凑近可乐小声说。

可乐也不是傻帽儿，她笑呵呵地说："我不要你的钱，我可以把红皮鞋送给你。"

"真的还是假的？"这回轮到小老怪不可思议了，他简直不敢相信这是真的。

"不过，我想让你帮我一下。"可乐说。

小老怪喝了一杯酒，说："只要你们不让我出卖老巫婆，不让我把红葫芦和酒杯给你们，不要了我这条老命，我什么都可以答应。"

哈哈，看来，在小老怪心里，老巫婆排第一，喝酒排第二，自己却排到了第三。

可乐可不敢失去这样的机会，她说："你把我们送出巫婆岛吧，到了路口，我就把红皮鞋送

给你。"

在小老怪看来，这个要求太简单了。他就生活在这里，找出口，那还不容易！

小老怪从鼻子上取下红葫芦，摇晃了几下，然后说："长大吧，长大吧，带着他们回家。"

红葫芦果然渐渐地变大，上面还开出了一扇小门。

小老怪说："进去吧，我带你们出去。"

可乐、薯条、汉堡和鸡翅争先恐后地挤进了红葫芦里。

"走啰！"小老怪高兴地吆喝一声，托着红葫芦，飞了起来。

从空中看巫婆岛，也算是一个美丽的小岛，只是沼泽地里一直冒着臭气，让人感到恶心。

"到了！出来吧！"不到一分钟的时间，小老怪就说到了。

可乐一看：天啊，外面就是楼道啊，多么熟悉的楼道啊，墙壁上那串开锁、通下水道的广告电话，是那样的熟悉。还有，楼梯的栏杆上贴着的那张赵本山的漫画像，就是她自己贴的啊。

可乐傻眼了：这里，就是自己家的楼下呀，老巫婆，真的就是恶老太！

"把红皮鞋给我吧！"小老怪打断了可乐的思绪。

可乐稀里糊涂地脱下红皮鞋，递给了小老怪，稀里糊涂地出了巫婆岛。

"砰——"是关门的声音。

可乐回头一看，是恶老太家的防盗门重重地关上了。

这时候，已经是深夜了。

老爸也想见巫婆

可乐扛着扫把赤着脚走进家门的时候，她还在偷笑："汉堡那小子，用三百块香皂洗八百遍澡，估计要洗上三天三夜吧？"

可乐悄悄地把扫把放在卧室的墙角里。

"可乐，看见巫婆了吗？"

可乐怎么也不会想到，这就是老爸对她说的第一句话。她去了一趟巫婆的世界，算是历险归来吧？老爸总该担心一下吧？

看来，局长老爸虽然见过大世面，却从未见过巫婆，还是有好奇心的。

"老爸，您总得关心一下我的安危吧？"

　　"你这不是平安回来了吗？毫发无损啊！并且，你是满面笑容地进屋来的，会有危险吗？说不定还玩得挺快乐。"

　　老爸太了解可乐了。

　　"公安局长家的千金，哪能让一个老巫婆困住？"可乐神秘地笑了笑，对老爸说，"我们去了巫婆岛，那里真是太神秘了！汉堡差点被臭气熏成了臭汉堡，还有那个可爱的小老怪，真是太有意思了。"

　　老爸做梦也没想到，可乐会说得那样轻松。

　　"看见巫婆了吗？"

　　老爸最感兴趣的，还是巫婆。

　　"看见了，当然看见了，"可乐说，"那个可恶的老巫婆，有一张像老树皮一样的脸，一双邪恶的射着绿光的眼睛，拄着一根镶着蓝宝石的拐杖……"

　　可乐说完，装着老巫婆的声音，张牙舞爪地扑向老爸："我要用这清新空气做调料，把你熏成最最美味的汉堡，然后再慢慢地享用……我打算用沼泽地里冒出的臭气儿，把你们一个个都熏成天底下

最鲜的美味，哈哈哈——"

可乐这一举动，吓得老爸退后几步，额上直冒冷汗。

"可乐，你……你被老巫婆的魂魄附体了？"

"哈哈哈，老爸，再激烈的打斗场面你都见过，就是没见过巫婆用臭气把人熏成美味儿吧？"

可乐的话，让老爸瞪大了眼睛。他说："可乐，巫婆怎么把你们放回来了？"

一听这话，可乐的脸马上沉了下来："老爸，您是不是希望我们都回不来了？我雷可乐平时再对您凶，也总归是您的女儿吧……"

老爸知道可乐误会他的意思了，他满脸堆笑地说："乖乖，老爸的意思，巫婆怎么会这样轻易地放过你们呢？"

"哈哈，老爸，您知道楼下的恶老太吧？就是那个找上门来讨要装修费的恶老太。"可乐说，"她就是老巫婆啊！"

"什么？她就是老巫婆？"老爸突然紧张了起来，说，"我不能让她为害人间。"

老爸说完，摸出手机，开始拨号码，一副遇

到了大案的样子，与以前安排紧急任务没有什么两样。

"老爸，您紧张什么呀，我是说着玩的。"可乐抢过老爸手中的手机，说，"楼下的恶老太，与老巫婆相比差远了，她再厉害，也比不上巫术高明的老巫婆吧？"

一听恶老太不是老巫婆，老爸长长地舒了一口气。

"老爸，我要做作业去了。"可乐趁机溜进了自己的卧室。

可乐关上卧室的门，开始给汉堡打电话：

"喂，汉堡在吗？"

"他在洗澡呢，你一会儿再打来吧。"是汉堡妈妈的声音。

可乐挂掉电话，笑翻在床上："哈哈，汉堡啊汉堡，不知道你现在正在洗第几百块香皂啊。"

可乐笑够了，又翻身起床，给薯条打电话：

"喂，薯条啊？"

"可乐，我下个月的零花钱，被老妈克扣了。"

"为什么啊？"

"我穿着小老怪的破裤子回家，能瞒住我妈妈的火眼金睛吗？"

"使出你的'薯条大计'呀！"

"裤子的颜色和造型都变了，我可是无计可施了。"

"哈哈，来个'偷梁换柱'吧。"

"可乐，你就别再晕我了，如果能帮我把牛仔裤偷回来，我的零花钱还有希望。"

"薯条，你也做白日梦了吧？巫婆家的东西，不那么好偷吧……"

"可乐，谁要偷巫婆家的东西啊？"门外响起了老爸的声音。可乐急忙挂了电话，说："老爸，您听错了吧？我没有说话啊。"

"那是我耳朵出问题了，被老巫婆吓唬住了。"老爸咕哝着离开了。

可乐又开始给鸡翅打电话：

"鸡翅在吗？"

"可乐啊，我还沉浸在惊险和刺激中呢。"

"对对对，尤其是那小老怪，太可爱了，呵呵。"可乐笑出了声。

"是啊,小老怪真的好可爱,长鼻子上挂着的红葫芦,还有那三根蓝胡子,胡子上吊着的小酒杯,我真想带一个回家呢。"

"其实,减肥的老巫婆也蛮可爱的……"

"可乐,老巫婆也减肥啊?"门外,又响起了老爸的声音。

唉,这个老爸呀,怎么这么关心老巫婆的事情呢?看来,真的被巫婆迷住心窍了。

可乐挂掉电话,老妈小狗不知道什么时候溜进了可乐的卧室,正在咬女巫的扫把。可乐费了好大的劲儿,才把扫把从老妈小狗的嘴里取出来。

老爸注意到了可乐手中的扫把,他惊讶地问:"这就是传说中的女巫的扫把吗?"

听老爸这样说,可乐一惊,不过,可乐聪明,她笑了笑,说:"这是我在路上当打狗棒用的,根本不是女巫的扫把。况且,女巫的扫把是我能随便带回来的吗?"

老爸笑了笑,有些脸红。他相信了可乐的话,女巫的扫把,肯定是女巫的至爱宝贝,哪能随便让

一个小丫头带回家？

"可乐，你应该睡觉了，明天还要早起上学呢。"老爸说完，便进了自己的房间。

可乐到卫生间里洗漱完毕，正准备上床睡觉，老爸却"笃笃笃"地敲着可乐的门。

"门没锁，进来吧，"可乐在床上说，"老爸，您是不是害怕老巫婆，睡不着觉呀？"

老爸走进可乐的房间，紧紧地盯着衣橱，说："可乐，我是担心你的安全呀。"

听老爸这么一说，可乐还真害怕起来：老巫婆说不定什么时候就把她给拖进巫婆岛去了……如果遇不上好心的小老怪，她就会被吊到沼泽地的上空，被臭气熏成巫婆的美味……就算有幸逃回来，就算洗掉八百块香皂，也洗不干净身上的臭味儿……

可乐越想越害怕，她躲在老爸的身后，说："老爸，我们换个房间吧。"

可乐跑进老爸的房间，睡到床上，赖着不起来了。老爸笑着说："要是老爸被老巫婆抓去了，怎么办？"

一听这话，可乐又害怕起来了：要是老巫婆抓走了老爸，谁来保护她？要是老爸被老巫婆的臭气熏成臭汉堡，怎么办？要是老巫婆摇身一变，变成一个绝代佳人，把老爸迷住了怎么办……

可乐赶紧起床，拉着老爸说："老爸，还是您睡觉，我来给您守卫。巫婆岛的环境我熟悉，就算被抓去了，我也会想办法逃回来的。"

老爸弯曲着食指，刮了一下可乐的鼻梁，说："这才像公安局长的女儿，有胆量！不过，老爸什么样的世面没见过？我怎么能让你为我守卫？还是你先睡吧，明天还要上课呢。"

老爸把可乐扶到床上，为她盖好被子，关掉了灯。

白天太累了，虽然巫婆岛的幻影依旧在可乐的脑海里飘来飘去，但她还是很快就进入了梦乡。

"老巫婆，不许动！"

深夜，老爸的一声惊呼，惊醒了睡梦中的可乐。可乐睁开眼睛，只见眼前一片漆黑，她慌忙又闭上了双眼。

"可乐，快把灯打开。"

可乐听到老爸在叫她开灯，她也想出来帮老爸

一把，但是，她在被窝里哆嗦着，不敢出来。

"汪——汪——汪汪——"

这就是老巫婆的声音？老爸打开灯一看：自己抓住的，是小狗呀！

可乐也从被窝里钻出来，她傻笑着说："嘿嘿，老妈小狗……"

"老妈小狗？"老爸没有听明白可乐的话，"想你老妈想急了吧？她在的时候，你们经常斗嘴，她走了，你还惦念着。"

可乐知道自己说漏了嘴，又"嘿嘿"地傻笑了几声，钻进了被窝。

"老爸，您去睡吧，说不定啊，现在老巫婆正忙着减肥呢，她哪里顾得上我们啊。"可乐说，"如果您害怕，就把沙发搬到我房间里来吧，下半夜由我守卫。"

可乐这话，说得老爸哭笑不得：明明是可乐自己害怕，还非要说老爸害怕。

老爸把沙发搬进了可乐的房间，就关灯躺下。老爸躺下不到三分钟，就鼾声如雷。

可乐却睡不着了，她睁大眼睛，望着黑漆漆的窗外，好像又看到了老巫婆的脸，又好像听到了恶老太的敲门声和打雷一样的"张飞吼"。可乐害怕得又开始在被窝里哆嗦起来。

"汪——汪——"老妈小狗又进了可乐的房间，她轻轻叫着，好像对可乐说："不要怕，老妈在呢。"

听到老妈小狗的叫声，可乐还真的不再害怕了。她起身来，把老妈小狗抱进了被窝里。

"老妈，还是您最了解我，我是外表胆大其实内心胆小的人。"可乐小声嘀咕着。老妈小狗伸出舌头，舔了舔可乐的手指头，一股暖流融进了可乐的心田。

"老妈，我再试一下，看能不能把您变回来。"

可乐轻轻地下了床，蹑手蹑脚地走到墙角，拿起女巫的扫把，然后把老妈小狗抱到客厅里。

"老妈，您站着别动。"可乐说完，扛着扫把，围着老妈转了起来。

可乐转了一圈，老妈小狗还是老妈小狗。

可乐又转了一圈，老妈小狗仍旧是老妈小狗。

"常言道，苦心人天不负。"可乐自言自语地说，"我多转几圈，总会把老妈小狗变成老妈。"

可乐扛着扫把，围着老妈小狗，一圈一圈地转了起来。一圈、两圈、三圈、四圈……

"哐当——"

可乐转晕了，女巫的扫把碰翻了茶几上的茶杯。茶杯摔了个粉碎。

"可乐，可乐……"

卧室里的老爸听到响声，从沙发上翻身起来，打开灯，看见床上的可乐不见了，他急得大喊。老爸刚才在睡梦中，没有弄明白刚才的响声是从哪里传来的。他又打开衣橱，想看看老巫婆是不是把可乐抓了进去。可是，衣橱里什么也没有。

可乐已经被转晕了，她想停下来，可是分不清方向，又碰到了饮水机，饮水机上的纯净水桶晃了几下，也"哐当"一声，掉到了地板上。可乐也晕得摔倒在地上。

老爸听到客厅里的响声，便追了出来，他扶起倒在地上的可乐，焦急地捧起可乐的脸："乖女儿，你怎么了？是不是老巫婆吓着你了？"

可乐定了定神，看着老爸那副着急的样子，"扑哧"一声，笑了。

老爸居然也同意

可乐正在教室里上课，老爸突然出现在教室的窗口。

"奇怪，平时开家长会，老爸也总是因为事务繁忙不来参加，今天怎么有时间来学校了？"可乐小声嘀咕着。

"可乐，你老爸来了，是不是我们学校有犯罪嫌疑人啊？"同桌汉堡悄悄地问可乐。

"你老爸来我们学校抓坏蛋了。"邻桌的薯条也递来了纸条。

刚下课，鸡翅就跑来，战战兢兢地说："可乐，昨天，我们去了巫婆岛，偷了老巫婆的拐杖，不会

被你老爸抓去吧？”

这鸡翅，做什么事情都一惊一乍的。可乐掐了她一下，说：“那你就赶紧请我吃德克士，我求老爸免你的罪。”

“可乐，你老爸叫你出去呢。”汉堡说。

老爸在窗外朝可乐招手呢，从他的神情看，好像真有什么要紧的事情。

可乐笑嘻嘻地走到老爸身边，说：“欢迎局长老爸莅临我校检查工作。”

“你还有心思调皮，”老爸神情凝重地说，“我去过你姥姥家了，那里根本没有你老妈的影子。我打了好多电话，都没有找到你老妈。你说，她会到哪里去呢？”

“我……我怎么……知道……”可乐一般不敢在老爸面前撒谎，所以，她说起谎话来，舌头也打不转。

可乐的表情出卖了她，老爸显然不相信她的话。

“你们还有一节课放学吧？我在校门口等你一起回家。”老爸的脸上，没有一丝笑意。

最后一节课，尽管金丝猴儿哥讲得很生动，很

有趣，同学们的笑声一浪更比一浪高，可乐还是闷
闷不乐，她不知道该如何向老爸说老妈小狗的事情。

"喂，长江后浪推前浪，前浪死在沙滩上。
已经有无数的前浪死在沙滩上了，你怎么还是板着
脸？"汉堡推了推可乐的胳膊，说，"是不是你老
爸给你带来什么坏消息了？"

"去去去！"可乐心烦意乱地推开汉堡，"不
要多嘴，让我好好想想。"

"你烦心去吧，弄得我请客的心情都没有了。"
汉堡说，"昨天，从老妈那里讨得几张票子，本来
打算请你们吃德克士的。"

要是在以前，汉堡就是不请客，可乐也会变着
法子让汉堡掏钱请客。可是，今天，可乐心里有事，
她可没兴趣去德克士啃鸡翅。

好不容易捱到下课，可乐磨磨蹭蹭地朝校门口
走去。可乐远远地看见老爸的车停在校门口，她转
身朝厕所走去。

"可乐，我还盘算着坐你老爸的车呢，你往哪
里去？"汉堡大声喊道。可乐假装没听见，进了厕所。

要是在以前，做事风风火火的可乐，连上厕所都是速度最快的。可今天，她在厕所里磨蹭，老是不出来，好像厕所里有香味儿似的。

"这可乐，怎么还不出来呀？我还想搭个便车呢。"薯条也想搭便车，在他们看来，坐公安局长的车，一定是挺威风的。

"大概是闻惯了巫婆岛的臭气，喜欢上厕所了，所以老是出不来。"汉堡说。

鸡翅斜了汉堡一眼，说："汉堡，你可别趁可乐不在，说她的坏话啊。"

"你准备当传声筒？那样的话，下次请客，我可就少请一个了，剩下的那份鸡翅，我打包带回家。"汉堡总是拿餐桌上的鸡翅来要挟身边的鸡翅。

可乐没有从厕所里出来，薯条、汉堡和鸡翅都等得不耐烦了。

"在这里等，多没意思呀，我们去德克士吧。"汉堡自己倒先嘴馋了。

薯条、鸡翅跟着汉堡，出了校门。只见可乐老爸坐在驾驶室里，脸上没有一丝微笑。薯条他们从来没有见过可乐老爸这样的脸色，他们像犯了罪似的，避开可乐老爸的视线，偷偷地溜走了。

厕所里的味道，终究还是不好闻。再说，可乐也不可能永远待在厕所里。要是遇上别的事情，可乐就算是先斩后奏，她也不会怕老爸，因为老爸只要听见可乐说一句："老爸，您是公安局长，连这点小事也容不下？"他就不再生气。是啊，局里那么多事务他都容得下，怎么能容不下自己心爱的女儿呢？

但是，现在不同了，是可乐亲手把老妈变成了小狗，并且她试过两次了，都没能把老妈小狗变回老妈。可乐知道，老爸除了心疼自己，也心疼老妈。要是老爸知道自己把老妈变成了小狗，并且老妈有可能永远做小狗，他会有什么表现？可乐不敢想下去。

可乐还是磨磨蹭蹭地从厕所里出来了，她不可能永远待在厕所里啊！

"怎么这么磨蹭啊？赶紧上车！"老爸替可乐打开了车门。

老爸一边开车，一边问可乐："可乐，如果你知道你老妈去了哪里，就告诉我。这人也真是，要

去什么地方，和我说一声，我还能不让去？非得这样遮遮掩掩的，让人担心。"

"老爸，我真的不知道老妈去了哪里。"可乐努力让自己镇定下来。

老爸又看了可乐一眼，说："那刚才我在学校里问你的时候，你怎么吞吞吐吐的？"

公安局长毕竟就是公安局长，刚才可乐的那句"我……我怎么……知道"，果然引起了老爸的怀疑。

"您说没有找到老妈，我也着急呀，"可乐觉得现在撒谎要自在一些了，"我这人有个坏毛病，一着急呀，就说不清楚话。"

"可乐，依你看，你妈妈可能会到哪里去？"老爸是真着急了，句句都不离老妈。

可乐装出毫不在意的表情，说："老妈这么大的人了，您还担心她走丢啊？"

"可是，我打电话问了许多她可能去的地方，都没有她的影子呀。"老爸越说越着急。

"不会是被绑架了吧？"可乐想起前些天看的一部侦探片，故作惊讶地说了一句。

"绑架？"老爸一紧张，来了个急刹车，弄得可乐差点撞到车窗玻璃上。

老爸这下真的紧张起来了，他抓过无数的罪犯，他亲手把许多罪犯送进了监狱，会不会有人为了报复他而绑架他的妻子呢？

回到家里，老爸显得心事重重，他愁眉紧锁，就像以往遇上大案一样。可乐为老爸泡了一杯茶，递给老爸："不要太担心老妈了，她一定会回来的。"

"唉，我能不担心吗？"老爸重重地叹了一口气。

这时，老妈小狗也来到老爸身边，舔了舔老爸的手指头，仿佛在安慰老爸说："别担心，我在家里呢。"

老爸抚摸着老妈小狗的头，说："你可能不希望可乐的老妈回来，她可是不怎么喜欢养小狗的。不过，再怎么说，她也是可乐的老妈呀。"

"呵呵——"听老爸这么一说，可乐忍不住笑出了声儿。

"可乐，你还有心情笑啊！我都急得团团转

了。"老爸说。

老爸几口就把茶喝光了。要是平时，老爸会慢慢地品铁观音，他若是看见可乐大口大口地喝茶，准会说："茶，是用来品的，不是用来大口喝着解渴的。"

现在，老爸也没心情品茶了，因为心急加口渴，也大口大口地喝了起来。

可乐为老爸的茶杯添满了水，拿过来一个沙发垫子，在老爸的脚边坐了下来。

"老爸，您想吃什么菜？我给您做。"

"你什么时候学会做菜了？以前不是只会做番茄炒蛋吗？"

"我还学会了青椒炒肉丝。"

"你会切肉丝？我看你会用青椒炒肉片。"

"老爸，您怎么就不相信我呢？您就相信我一回吧。"可乐撒着娇，"老爸，您想喝咖啡吗？我给您冲一杯去。"

"可乐，你是不是有什么事情要求爸爸？不要这样绕圈子了，只要是正当的，我都会同意。"老爸哪能不知道自己女儿的脾性，可乐这样变着法子讨老爸高兴，肯定有求于老爸。

"老爸，我告诉您一件事情……"可乐吞吞吐吐地说，"不过，先说好，您怎么骂我都可以，就是不能不理我。"

老爸爱怜地看着可乐，说："说吧，你比老爸还凶，我哪敢不理你呀，我可不想自讨苦吃。"

可乐鼓起勇气，说："老爸，我把老妈……变成了……"可是，她又没办法说出"小狗"这两个字。

老爸显然不相信可乐的话，说："你又不是魔术师，更不是巫师，你能把你老妈变成什么？"

"真的，我把老妈变成了小狗。"可乐终于说出来了，她反而松了一口气。她指着老妈小狗，说，"您看，就是这小狗。"

可乐说完，抱起老妈小狗，亲了起来："老妈，对不起，我只是一时贪玩，才把您变成了小狗。不过，我一定会想办法把您变回来的。"

老爸真的不敢相信这是事实，可乐会什么魔法？能把老妈变成小狗？老爸不可思议地摇了摇头。

"可乐，你就别拿老爸寻开心了，我会想办法找到你老妈的，这不用你操心。"老爸苦笑着说，"老爸知道你懂事，想让我开心。"

唉，老爸怎么不相信可乐的话呢？可乐还真急了，她从卧室里拿出那把女巫的扫把，说："老爸，您看，我就是用这把扫把，把老妈变成小狗的。"可乐向老爸说了事情的经过。

老爸半信半疑地接过扫把，仔细地打量着，说："这，真的是女巫的扫把？"

"您不信，有汉堡、薯条和鸡翅为我作证。"可乐说，"昨天，他们也去了巫婆岛，这扫把，还是我们从老巫婆那里偷回来的，它本应该是老巫婆的拐杖。"

说到老巫婆，老爸倒是有几分相信了。他抱起老妈小狗，仔细端详着。突然，老爸大叫起来："对，这真是你老妈变的！"

"老爸找到证据了？"局长老爸一向是凭证据说话。

"瞧，嘴边有一颗痣，耳朵根上也有一颗痣。这就是证据。"老爸开心地笑了。

"老爸，您不怪我吧？"可乐试探着问了一句。

老爸用弯曲的食指，刮了一下可乐的鼻梁，然后挤了一下眼睛，说："老爸不怪你，让我们都过几天没有唠叨的日子吧。"

哈哈，没想到，老爸居然也同意可乐把老妈变成小狗。

"可乐，我们去德克士，庆贺一下！"老爸说完，拉着可乐就往外走。

老妈小狗立刻跟了上去，咬住老爸的裤脚不放。

老爸抱起老妈小狗，拍了拍她的头，说："好好在家待着，我知道你喜欢吃薯条，我们会为你打包的。"

在德克士，老爸慷慨解囊，可乐想吃什么，他就点什么。以前，老爸老是担心可乐喝冰冻可乐会喝坏了肚子，老是担心她吃多了鸡翅会长胖，老是担心她吃多了汉堡会伤胃……今天，老爸却一应满足可乐的要求。

"老爸，我吃撑了，肚子再也装不下了。"可乐打着嗝，伸长了脖子，连说话也显得费力了。

老爸见可乐不吃了，又特地要了两份薯条和一个汉堡打包，给老妈小狗带回去。

一路上，老爸开着车，显得很开心的样子。

"老爸，原来，您也不喜欢老妈的唠叨啊？"

"哈哈！"老爸一笑了之，保持沉默。

"老爸，要是老妈小狗永远也变不回老妈，怎么办？"

"哈哈，这不可能，你的扫把能把她变成小狗，也一定能把她变回老妈。"

一路上，可乐没有再说话，她真的不知道该怎样把老妈小狗变回老妈。

老妈小狗绝食

可乐和老爸回到家里，看见老妈小狗正在疯狂地抓着沙发。老爸摸着被老妈小狗抓得皮开肉绽的真皮沙发，真是又急又气。他抱起老妈小狗，扬起巴掌，却又轻轻地放下了。

"哈哈，老爸，您这一巴掌如果打了下去，当心后患无穷啊！"可乐取笑道。

老爸瞪了可乐一眼，说："这就是对我们的惩罚！"

老爸把打包回来的薯条和汉堡放在一个盘子里，端到了老妈小狗的面前。老妈小狗嗅了嗅，却走开了。

"看，准是在生气。"老爸笑着说，"不用管她，饿了，她就会吃的。你老妈最怕饿肚子，一饿，就四处找吃的。"

该睡觉了，老爸问可乐："今天晚上，还要我守卫吗？"

"老爸，您忘了昨天晚上的事了？我为您守卫，还把您给吓醒了呢。"可乐捂着嘴偷笑，"其实，老巫婆也没什么好怕的，上次被她抓到巫婆岛去，不也回来了吗？"

老爸伸出大拇指说："不愧是公安局长的女儿，够胆量！"

一个晚上，什么事也没有发生，倒是让可乐感到有些遗憾。

清晨，可乐刚到学校，薯条、汉堡和鸡翅就迎了过来，异口同声地问："昨天发生什么事了？"

这三个死党，都是唯恐天下不乱的家伙，巴不得每天都有稀奇古怪的事情发生。

"没发生什么事啊，我老爸发现老妈失踪了，来向我打听一下而已。"

他们见可乐说得这样轻松，都感到有些遗憾。

"不过，我把老妈变成小狗的事情，告诉了老爸。"可乐补充的这一句，就像定时炸弹，在三个死党中炸开了。

"啊？你竟然敢告诉你老爸？"汉堡伸长了脖子。

"天哪，你老爸揍你了吧？"薯条说。薯条的老爸特凶，特喜欢揍人，所以，他认为可乐的老爸也会揍人。

"你老爸是不是特别伤心？"鸡翅一副傻乎乎的模样，她认为普天下的人都像她一样，喜欢傻伤心。

汉堡、薯条和鸡翅说完后，都等着可乐说话。

可乐却没有说话，径直朝教室走去。汉堡、薯条和鸡翅一路跟进了教室。

"可乐，你老爸真的没有揍你？"薯条问。

鸡翅还特意掀起可乐的袖子，检查有没有伤痕。汉堡仔细打量着可乐的脸，说："不像哭过的样子。如果伤心地哭过，眼睛一定水肿。"

可乐被他们惹得不耐烦了，大声说："我老爸

同意我的做法，还请我吃了德克士。"

"啊？同意你的做法？"三个死党惊讶得几乎晕倒。

"进了教室，就认真读书，不要东拉西扯的。"金丝猴儿哥已经来到教室门口，他拉长了声音，招呼着教室里的同学们。

可乐他们也不敢再说闲话，赶紧拿出书，装模作样地读了起来。其实，他们四个，这个时候肯定都在想老妈小狗的事情。

早读课一下课，四个小脑袋又凑在了一起。

"可乐，下午放学后，我们都去你家，看老妈小狗。"汉堡的提议，得到了薯条和鸡翅的坚决拥护。

"你们四个，又在搞什么鬼把戏？当心我告诉金老师。"霉球儿班长不怀好意地瞪着他们。

"你天天只知道告状，告到最后，班上所有的同学都不理你，你就当光杆司令吧。"汉堡不怀好意地说。

一听这话，霉球儿班长急了，她撇了撇嘴，说："你们越不和我玩，我就越要告你们的状。"

其实，霉球儿班长也不是真的想告他们的状，她也希望这四个古怪精灵的家伙能和她玩，她也需要快乐啊！只是，她平时喜欢在金丝猴儿哥那里打同学们的小报告，汉堡和薯条就喜欢和她作对，可乐和鸡翅自然也就与她疏远了。

没办法，作战双方，谁也不愿意让步，他们的关系就只有这样僵下去了。

好不容易挨到下午放学。

"冲啊，奔赴可乐家看老妈小狗。"汉堡背起早已收拾好的书包，一个箭步冲到了教室门口。可乐、薯条也快步跟了上去，只有鸡翅还在收拾那些横七竖八的书本文具。

"鸡翅，你倒是动作麻利一点嘛，总是早不忙夜慌张。"汉堡冲着鸡翅大吼。

"哐当——"一声，鸡翅的墨水瓶掉在地上，粉身碎骨，牺牲了。

"汉堡，你急什么啊，让鸡翅好好收拾。"可乐一边说，一边走进教室，帮鸡翅收拾书包。

就在这时，霉球儿班长来了，她皮笑肉不笑地

说："金老师叫你们去办公室一趟。"

"My God！"可乐知道大事不妙了。

四个人硬着头皮来到金丝猴儿哥的办公室。

"据有关情报说，这些天，你们四个，上课递纸条，四个脑袋还经常接头，接头暗号也不少，跟黑社会一样，情况是否属实？"金丝猴儿哥不紧不慢地问。

递纸条是事实，经常接头是事实，有暗号"老妈小狗"也是事实，可黑社会这顶帽子，是不是扣得大了点？

四个人你看看我，我看看你，都觉得对方不像是黑社会。

"谁是老大？自己站出来。"金丝猴儿哥又发话了，"知情不报，包庇袒护，可是犯了班规之XY条，是要受到重罚的。"

"呵呵——"可乐又笑出了声，金丝猴儿哥说不出那是班规的第几条，她觉得好笑。

"我看，你就是老大！都落入魔掌了，还有胆量笑，不是老大会是老二？"金丝猴儿哥一边批改数学作业，一边说。

可乐不敢笑了，再笑，惹恼了金丝猴儿哥，也是不好玩的：

要么登天梯。教学楼、宿舍楼都是高层建筑，那楼梯，一上一下，就一个来回，也足以让人气喘吁吁，更何况金丝猴儿哥偏要在这里用上循环小数的特性：无限循环下去！有几人能招架得住？

要么是到厕所灌水。水池里的水够多，厕所的下水道够通畅，班上的水桶够大够结实，任你提，任你灌，直灌得你手脚发软。

要么是长跑加竞走。此刻的金丝猴儿哥，摇身一变，成了马拉松教练。他站在操场中央，拿着秒表，你在外圈跑，他在内圈计时，还随时为你汇报你的长跑速度。跑吧，跑不动了，就竞走，看你服不服。

……

"老师，可乐不是老大。"在这个时候，汉堡也不忘讨好可乐。

金丝猴儿哥放下手中的笔，斜着眼睛看着汉堡："她不是老大，你是？"

"我……我不是……"汉堡结结巴巴地说。

"呵呵——"傻乎乎的鸡翅，在这个时候，居然也笑出了声。

"那孙飞飞肯定是老大了。"金丝猴儿哥又看着鸡翅，吓得鸡翅垂下眼皮，不敢再出声。

可乐把眼光投向薯条，肯定是希望他拿出"薯条大计"了。可薯条却一句话也没有说，这就是按兵不动，以静制动？

果然，薯条的大计成功了。金丝猴儿老师从可乐、汉堡和鸡翅身上都得不到结果，便对薯条说："舒小丁，你一定是老大！"

这一问，倒是让薯条愣住了。薯条睁大眼睛，望着金丝猴儿哥，好像在问："这是为什么呢？"

"这是为什么呢？"金丝猴儿哥一边改作业，一边说，"据说你能熟练运用三十六计，还会新创计谋，这老大，非你莫属了。"

"我……"薯条真是有口难辩。

薯条沉默了。

"沉默，就是默认。"金丝猴儿哥说，"你们没有辩解，说明密探的汇报也属实。班规七十二条，三十六种惩罚，你们愿意选哪一种？"

"老师，我们愿意立军令状。"薯条说，"期中考试，我们每人上升十个名次。"

"这话中听，"金丝猴儿哥的脸上大放光彩，"好了，你们可以走了，但是，要记得舒小丁立下的军令状。"

四个死党一溜烟出了办公室。

"薯条，这就是你的缓兵之计吧？"可乐说。

"薯条，永远是赛诸葛！"汉堡说。

"有薯条在，灾难永远不会降临。"鸡翅说。

可乐带着薯条、汉堡和鸡翅来到家里。

"咦，昨天放在盘子里的薯条，怎么还好好的？"可乐尖叫着，"天啊，老妈小狗在绝食！"

"呵，可乐，你怎么可以把我喂狗？"薯条拉下脸来，一副生气的样子。

"薯条，你可要弄清楚，这可不是一般的小狗，她是可乐的老妈，银行的主任，你能为银行的主任服务，是你的荣幸。"汉堡也变得伶牙俐齿起来。

鸡翅听了汉堡的话，笑了起来，说："可乐，下次就用汉堡来喂你的老妈小狗吧。"

可乐却不管薯条、汉堡和鸡翅之间的纷争，她从卧室里抱出老妈小狗，摸着她那瘪瘪的肚子，心

疼地说："老妈，您怎么不吃东西呀？"

"可乐，是不是你们虐待她了？"汉堡说。

"汉堡，闭上你的臭嘴！可乐怎么可能虐待她老妈？"鸡翅说。

薯条想了想，说："可乐把她变成了小狗，可乐的老爸竟然同意可乐的做法。你们说，可乐的老妈能不伤心吗？"

可乐瞪了薯条一眼，说："你不说话，没有谁拿你当哑巴。"

老妈小狗绝食，可乐很伤心。薯条、汉堡和鸡翅都陪着可乐伤心了好一阵，才各自回家去了。

晚上，老爸回来了，见可乐抱着老妈小狗，一副闷闷不乐的样子，便奇怪地问："怎么了？她不是好好的吗？"

"她，绝食了！"可乐哭得更伤心了，"这样下去，她会饿死的。"

"哈哈哈！"老爸笑了，"你不是讨厌她唠叨吗？现在她不说话了，你反而不习惯，是吧？"

看来，老爸不相信老妈小狗会绝食，他表现得很乐观："说不定，你老妈也在学老巫婆减肥呢！"

抑郁症

"可乐，今天我请客，我们去肯德基吧。"汉堡说。

"汉堡，你发财了？怎么主动请客呀？"鸡翅问。

薯条笑了笑，说："准是有求于人。"

以前，汉堡说请客的时候，可乐一定是第一个举手赞成；今天，她却闷不作声。

汉堡没有理会鸡翅和薯条，主动放弃了一场可以打得很漂亮的口水仗，他对可乐说："把你的老妈小狗也带到肯德基去吧，兴许到了那里，她就吃东西了。"

原来，汉堡也是个有心人，他想用这样的方式来让可乐的老妈小狗吃东西。

可乐带着老妈小狗，和薯条、汉堡、鸡翅一起来到了肯德基。

"可乐，你老妈平时最喜欢吃什么？"汉堡问可乐。

"薯条。"

可乐的话一出口，鸡翅"扑哧"一声，笑得把嘴里的可乐喷了一桌子。薯条气得翻白眼。

汉堡赶紧要了一份薯条，放到老妈小狗面前。老妈小狗眯着眼睛，理也不理。

"吃点鸡翅吧。"鸡翅递过一块鸡翅，老妈小狗还是不理。

"要不，喝点可乐吧。"薯条把可乐递到老妈小狗的面前，还笑嘻嘻地看着可乐。要是在平时，可乐和薯条准会唇枪舌剑开来。但是今天，可乐没有心情应战。

"汉堡可是天下的美味，您吃一口吧。"汉堡递过一块汉堡，老妈小狗还是不理。

老妈小狗什么也不吃。

　　谁也没有心情再吃下去了。这大概是他们进肯德基吃得最少的一次：一杯可乐没喝完，一块鸡翅没啃完，一个汉堡没吃完，一包薯条还剩一大半。

　　可乐抱着老妈小狗回到家里，也不见老爸的身影。直到晚上的新闻联播开始了，家里的电话铃声才响起来：

　　"喂，我是可乐。"

　　"可乐，老爸这几天有紧急任务，回不了家，你一定要照顾好自己和老妈啊……"

　　可乐挂掉电话，缩在沙发里发呆。老妈小狗两天没有吃东西，肚子已经瘪得和后背贴在一起了。

　　可乐从卧室里拿出女巫的扫把，再次围着老妈小狗转起了圈。一圈、两圈、三圈……可乐一连转了二十圈，感觉头都晕了，老妈小狗还是老妈小狗，没有变回以前的老妈。

　　老妈小狗缩在沙发上，再也不愿意下地了。

　　夜，渐渐地深了。可乐在沙发上，陪着老妈小狗睡了一夜。

第二天，可乐出门的时候，老妈小狗依旧躺在沙发上，一动也不动。可乐已经走到楼底下了，却放心不下，又返回家里，把老妈小狗装进一个羽绒服的帽子里，带到学校去了。

"可乐，你提的什么啊？"快到学校的时候，可乐遇上了鸡翅。

"老妈小狗绝食了，我不放心她一个人在家，我把她带来了。"可乐伤心地说。

一听可乐把老妈小狗带到了学校，鸡翅尖叫起来："天啊，可乐，你不怕金丝猴儿哥的猴儿规了？违反了猴儿规，可是要被惩罚的。"

"那怎么办？"可乐急得快要掉眼泪了。

鸡翅想了想，说："把她寄放到门卫那里吧？我知道，门卫的卫生间里，也养着一只宠物狗。"

"那怎么行呀？我怎么能让老妈小狗和宠物狗生活在一起？"可乐不愿意把老妈小狗放在门卫那里。

"唉！"鸡翅重重地叹了一口气，说，"如果你把老妈小狗带进教室，被霉球儿班长告了密，还不知道她会有什么样的命运呢，说不定会被没收，再扔到别的地方，成为流浪狗。"

　　是啊，要是老妈小狗被没收，被扔掉，变成了流浪狗，那是一个多么悲惨的结局呀。

　　可乐只好把老妈小狗寄存到门卫那里。守门的大叔果然喜欢小狗，他乐呵呵地接过老妈小狗，说："你放心地去上课吧，放学的时候，我会把小狗毫发无伤地归还给你。"

　　可乐走了几步，又返回去对大叔说："她这两天不愿意吃饭，请您多费点心。"

　　早读课一下课，四个小脑袋就靠在一起，商量了起来。

　　"我觉得应该送人民医院，她是你老妈呀。"鸡翅说。

　　"不对，哪有把小狗抱进人民医院治病的？"汉堡说。

　　薯条接过汉堡的话："对，我认为应该送到宠物医院。"

　　"不对啊，这是可乐的老妈呀，怎么能送到宠物医院呢？"鸡翅有些生气了，"你们也太不尊重

可乐的老妈了！"

"我看，抽签决定吧。"汉堡又犯傻了。

薯条仍旧保持清醒的头脑，不紧不慢地说："我觉得，这个应该由可乐的老爸决定。"

"别吵了，让我安静一会儿。"可乐紧皱着眉头说，"我老爸这几天有紧急任务，不能回家。如果老妈小狗有个闪失，他非揍扁我不可！"

四个死党头碰头，又被霉球儿班长看在眼里。很快，金丝猴儿哥又传令下来，叫鸡翅进办公室。

如果说把四个都叫进办公室，他们一点也不怕。可如今，是鸡翅一个人进去，可乐、薯条和汉堡都担心起来：这鸡翅本来就傻乎乎的，不知道她会说些什么呢。

不一会儿，鸡翅就出来了，还乐呵呵的，一脸胜利的表情。

"鸡翅，莫非你把金丝猴儿哥摆平了？"薯条问。

"嘘——"鸡翅把两个手指放在唇边，说，"猴儿哥问我，谁生病了？要进医院？我说，邻居老奶奶生病了，无人照顾，我们打算送她进医院。哈哈，猴儿哥居然信了，还表扬了我们。"

汉堡一兴奋，鼓起了掌，说："鸡翅，好样的。"

"嘘——"薯条说，"小心，隔墙有耳。"

这一天的每一个课间，可乐、薯条、汉堡和鸡翅，都在围绕着同一个问题展开讨论：应该把老妈小狗送进人民医院，还是宠物医院？

放学了，守门的大叔乐呵呵地把老妈小狗交给了可乐，说："我给她洗了个澡，梳了毛发。只是，她什么东西也没有吃，带它到宠物医院看看吧。"

大叔的话，让可乐下定了决心：把老妈小狗送到宠物医院治疗。

第一次来到宠物医院。这里就像人民医院一样，有挂号处、急诊室、收费处、取药处。再往楼上，还有输液室、观察室、待产室……唯一不同的，是来这里的人，都带着宠物：小狗、小猫、小鸟、小老鼠……这些宠物还穿着各种漂亮的衣服。你看，一个金发女郎的怀里，抱着一只小狗，身上还穿着公主裙，好一只美丽的狗狗公主。

肝胆科、肠胃科、五官科、泌尿科……这么多的科，应该走哪一科？可乐太着急了，她简直不知道该如何是好。

"她不吃东西，应该是肠胃有问题，我看，就到肠胃科吧。"薯条说。

可乐带着老妈小狗，走进了肠胃科。这里的主治医生是一个年轻的姑娘，她胸前挂着的工作证上，写着"主治医师——王小丫"。哈哈，和《开心辞典》的主持人同名同姓啊。

王小丫从可乐手中接过老妈小狗，看了看她的舌头，摸了摸她的肚子，又用听诊器听了听她的心脏等。

"小丫头，她是不是不愿意吃东西？"王小丫问。

"对，她已经三天没有吃东西了，小丫姐姐，请您救救她吧。"可乐哀求道。

小丫姐姐又把老妈小狗带到一个院子里。院子里有几只宠物狗，它们在快乐地嬉戏。小丫姐姐逗着那几只小狗，希望能引起老妈小狗的注意。但是，老妈小狗却缩在一旁，不愿意理睬那些小狗。

"她平时是不是不愿意玩耍？"小丫姐姐问可乐。

"是······不是······"可乐不知道该如何回答。因为，在家里，根本没有谁陪老妈小狗玩耍呀。

"到底是，还是不是？"小丫姐姐问。

鸡翅忍不住了，她说："平时都是她自己在家，就算她愿意玩，也没有人陪她呀。"

小丫姐姐又查看了一下老妈小狗的眼睛，然后她抱起老妈小狗，对可乐说："你带她到神经科吧，也许，她患了抑郁症。"

一听老妈小狗可能患上了抑郁症，可乐急哭了。

薯条从可乐手中接过老妈小狗，说："我们赶紧找医生去吧，在这里伤心也没有用。"

他们来到神经科，一个年轻的小伙子从薯条手中接过老妈小狗。这个年轻的小伙子的工作证上写着"主治医师——姚林"。

"哈，与姚明相差一个字。"汉堡惊讶地说。

薯条掐了汉堡一下，悄声说："都什么时候了？还大惊小怪的，没看见可乐正伤心着吗？"

"姚林哥哥，快帮我看一下吧。"可乐着急地说。

姚林哥哥用听诊器，听了老妈小狗的脉搏，仔细地查看了老妈小狗的眼睛，还询问了一些老妈小狗平时的生活情况。最后，姚林哥哥问："谁是她的监护人？"

真是晕啊，老妈小狗都是大人了，她是可乐的监护人。如果要问老妈小狗的监护人是谁，可能只有找外婆了。可乐一时不知道如何是好。

"谁是她的主人？"姚林哥哥再一次问。

"我……我是……"可乐回答。

"她需要住院治疗，你得留下来陪她。"姚林哥哥说，"如果你有事情不能留下来陪她，我们这里有专门的宠物保姆，可以帮您护理宠物，十元钱一个小时。"

"天哪，这不是要吃人吗？"汉堡说，"周末，我也来当宠物保姆，挣钱去吃德克士。"

"汉堡，如果要你陪可乐的老妈小狗，你还要收费？你的良心让什么给吃了？"鸡翅不满地说。

"什么？老妈小狗？"姚林哥哥笑了起来，"这小狗的名字叫老妈？还真有创意。"

没办法，可乐只好点头应答。

看来，今天晚上，可乐是不能回家了，要在这里陪老妈小狗。

姚林哥哥开好了单子，递给可乐："去交费取药吧，我马上给她输液治疗。"

可乐很快就把药拿来了，姚林哥哥手脚麻利地兑好了药，对可乐说："好好抱住她。"

输液针头插好了，输液瓶也挂好了。

姚林哥哥对可乐说："你可要照看好她，不要让她把针头弄掉了。"

可乐抱着老妈小狗，一刻也不敢分心。

眼看就要天黑了，可乐说："你们回去吧，我在这里陪着老妈小狗。"

"我也留在这里陪着你。"鸡翅说，"我会给老妈打个电话，说我在你家里。"

"我也不回去，我是男子汉，应该在这里守护着你们。"汉堡一副男子汉大丈夫的气概。

薯条乐呵呵地说："我怎么能当逃兵？"

眼看这几个都争着要留下来，姚林哥哥笑着说：

"你们不用争了，这里只能留一个人。"

看来，薯条、汉堡和鸡翅只好离开了。

"姚林哥哥，可乐一个人留在这里，你一定要帮我们照看好她呀。"鸡翅对姚林哥哥说。

姚林哥哥笑了笑说："我会的！你们放心吧。看得出，你们是很好的朋友。"

薯条、汉堡和鸡翅离开了，可乐抱着输液的老妈小狗。天黑了，姚林哥哥对可乐说："你好好地守着你的老妈小狗，我在隔壁的休息室里，药液快输完的时候，你就叫我一声。"

可乐一直盯着输液瓶，她一刻也不敢睡，担心睡着了看不到药液输完，也担心老妈小狗不小心把针头弄掉。

漫长的夜，是多么的难熬啊！

可乐想起了自己有一次生病住院：那时候，老爸工作忙，是老妈一直在身边陪着她。输液的时候，可乐会大喊大叫，还会趁老妈不注意的时候拔掉针头。夜里，她醒来的时候，总会看到老妈在守着她。她出院了，回到家里，听到老爸对老妈说："你看，你都瘦了不少，也有黑眼圈了，好好休息几天吧。"老妈说："只要女儿身体好了，我再累也愿意。"

如今，可乐终于尝到了彻夜守护病人的滋味，她暗暗地发誓：以后，一定要对老妈更好一些，一定不能再对老妈大吼大叫了。

好不容易才捱到输完了液，可乐可以陪着老妈小狗睡一会儿了。可乐把老妈小狗搂在怀里，就像当初老妈搂着她睡觉一样，很幸福地进入了梦乡。

第二天一早，姚林哥哥来为老妈小狗作了检查，他说："今天，她应该能进食了，尽量让她吃得清淡一些。但最主要的，还是要对她进行心理上的治疗。"

"心理治疗，要注意些什么呢？"可乐问。

姚林哥哥说："你每天陪她聊天半个小时，给她唱至少五支歌，陪她跳舞，甚至还可以陪她玩游戏……"

看来，老妈小狗真的是因为太寂寞了，才得了抑郁症。

都想变小狗

　　可乐照着姚林哥哥的嘱咐，每天陪老妈小狗聊天半个小时。聊些什么呢？听听吧，还真有意思：

　　"老妈，您还记得吗？有一次，我和您一起去外婆家，在过一条水沟的时候，我不小心掉进了水沟里。那可是冬天啊，我冷得直哆嗦。老妈呀，您脱下您的外套，把我整个裹了起来，把我背到了外婆家。老妈，要是以后您掉进了水沟里，我也用外套裹着你——噢，呸呸呸，我说些什么呢，我这乌鸦嘴！"

　　"老妈，我有一个秘密，一直没有告诉您。有一次，您说，您莫名其妙地丢了一双红色的高跟鞋，那可是您最喜欢的一双高跟鞋。平时，您舍不得穿，总是在和老爸一起出席宴会的时候才穿。您穿着那双红色的高跟鞋，再配上你那套晚礼裙，真的好高贵，好漂亮！有一天，我怀着莫大的好奇心，从鞋架上取下您那双高跟鞋，穿在脚上，没走几步，就摔倒了。那鞋跟太高了！我突然萌生了一个想法：把鞋跟锯短一些吧，这样我穿起来就合适了。于是，我开始用菜刀砍了起来。几刀下去，那高跟鞋的鞋跟，就被我砍得不成样子了。怎么办？我害怕您发现这是我干的。我干脆一不做二不休，把那双高跟鞋扔进了垃圾筒里。后来，您找不到那双高跟鞋，想了很多丢掉鞋的理由，就是没想到会是我做的坏事儿。"

……

可乐除了陪老妈小狗聊天，还给老妈小狗唱歌、跳舞，还陪老妈小狗在地板上玩跳房子的游戏。

老妈小狗快乐起来了，开始吃可乐为她熬的粥了。为了照顾好老妈小狗，可乐特地向鸡翅的老妈请教，怎样才能把粥熬得香，还学会了炒鱼香肉丝，做三鲜汤等。

老爸的任务完成了，在快回来之前，他给可乐打了电话。可乐接到电话后，就忙开了。她先到楼下的超市里买了菜，然后回到家里，围上围裙，开始做饭。等老爸回到家的时候，她已经炒好了鱼香肉丝，做好了三鲜汤，还特意为老爸斟上了葡萄酒。

老爸可真傻眼了：没想到离开这几天，可乐就学会下厨了。这顿晚餐，可乐和老爸吃得很开心，老妈小狗也表现得很快乐。

晚上看电视的时候，老爸询问了这些天家里的情况，可乐没敢把老妈小狗生病的事情告诉老爸，她怕老爸担心。她可是报喜不报忧的，还说："老妈小狗过得很开心，我会好好照顾她的。"

可乐"报喜不报忧"这招，是跟老妈学的。以前，老爸出差的时候，每次打电话回来问家里的情况，老妈总是把喜事告诉老爸；家里有什么不顺心的事，老妈是不会告诉老爸的。可乐问老妈为什么要这么做，老妈说："你老爸在外面工作已经很辛苦了，不要再让他为家里的事情分心。"

老爸突然很认真地说："你也用女巫的扫把把我变成小狗吧，我也想过几天没烦恼的日子。"

"My God！"可乐尖叫起来，"老爸，您是不是不要我了？如果您也变成了小狗，谁来理我呀？不行不行，我坚决不同意。"

老爸冲着可乐做了个鬼脸，便没再说什么。

晚上，可乐睡了，老爸偷偷地进了可乐的卧室，取出那把女巫的扫把，左看看，右看看，然后扛在肩上，围着客厅转了几个圈，最后，他站在镜子前，失望地说："我还是原来的我……"

期中考试就要来临了。今天是星期五，四个死党凑在一块儿，为考试的事情发愁。

"薯条，当初你在金丝猴儿哥那里立下军令状，说我们每个人都要前进十个名次，要是我们考不好，怎么办？"汉堡说。

汉堡最怕考试了，每次考试，他都特别紧张，比谁要他请客还紧张。

"干脆，我们都变成小狗吧。"鸡翅说，"变

成小狗，说不定还有人拿我们当宝贝捧着。"

"这是个不错的主意，"没想到薯条也赞成，他说，"可乐，你认为呢？"

可乐想了想，说："这个主意真的不错，如果我变成了小狗，还可以和老妈小狗一起玩耍。不过，我不知道女巫的扫把是不是还灵验啊，老巫婆好像说这魔法只能使用一次。"

"再试一下嘛，我真的想尝尝变成小狗的滋味。"鸡翅哀求着。

说干就干，薯条、汉堡和鸡翅飞快地来到了可乐家。可乐举起女巫的扫把，围着薯条、汉堡和鸡翅，一边转圈一边说："变吧，变吧，都变成小狗吧，让书本，让考试，让成绩，统统见鬼去吧！"

呵！可乐真的看见三只小狗了！看来，老巫婆当初说的话，也不灵验了！

那只最瘦的小狗，肯定是薯条。

那只最胖的小狗，肯定是汉堡。

那只毛色花白的小狗，肯定是爱美的鸡翅。

"把我也变成小狗吧，这可是天底下最美的事情了。"可乐一边说，一边又举起女巫的扫把，转起了圈。可是，直到可乐转得晕头转向了，她还是可乐，没有变成小狗。

可乐失望地坐在地上。

四只小狗都向她走来，围着她，"汪汪汪"直叫，好像在说："陪我们玩吧，给我们好吃的吧。"

"完了，这下，我真的成宠物狗保姆了。"可乐自言自语地说，"我为他们服务，谁付我工钱？"

谁叫他们是死党呢？再苦再累，也得承担起照顾他们的责任。可乐忙开了：为他们洗澡，为他们做饭，带他们上厕所，开着音乐陪他们跳舞……忙得不可开交。

老爸回来了，他一眼就瞧出多了三只小狗。

"可乐，你又买小狗了？真想把我们家变成宠物园啊？"

"老爸，他们三个分别是薯条、汉堡和鸡翅变的。"

老爸惊得瞪大了眼睛，说："可乐，你不是

在逗老爸开心吧？你把他们变成了小狗，他们的爸爸妈妈找不到他们，会着急的，你赶紧把他们变回去吧。"

可乐赶紧拿出女巫的扫把，围着小狗们转了起来。可是，不管她怎么转圈，小狗们仍然是小狗。

"可乐，你不是在吓唬老爸吧？他们真的变不回来了？"

可乐也傻眼了，这可怎么向他们的爸爸妈妈交代呀？

"先来一个缓兵之计吧。"可乐说，"我得给他们的家里打电话，说他们在我家过周末。"

"可乐，老爸交给你一个艰巨的任务，你一定要找到把他们变成人的魔法。否则，后果将不堪设想。"老爸非常认真地说。

可乐也觉得自己责任重大，她很郑重地对老爸说："老爸，我一定会找到这个魔法的。"

接下来的这个夜晚，可是一个超级热闹的夜晚啊：

老妈小狗因为有了狗伙伴，兴奋得在各个房间里乱蹿，一连碰翻了五个玻璃杯。

薯条小狗跑进厕所，拉开了淋浴的开关，被冲得全身湿透。出来的时候，他抓破了可乐装爆米花的口袋，滚了满身的爆米花儿，就像一个雪人儿。

汉堡小狗和鸡翅小狗不知道为什么打了起来，他们谁也不让谁。唉，这两个本来就喜欢斗嘴的家伙，变成了小狗，也不放过对方。

小狗们一直闹到凌晨一点，可乐和老爸也一直陪他们到凌晨一点。看着他们一个个都累得趴下睡着了，可乐和老爸才得以休息。

可乐破产

今天是星期六，可乐床头的闹钟没有响。不过，可乐还是被小狗们用爪子抓门的声音闹醒。

可乐迷糊中抓过闹钟一看，嗬，都快十点钟了。

"老爸，老爸，我饿了！"可乐大声尖叫着。但是，没有听到老爸的回应。

可乐来到客厅，只见茶几上放着一张纸条：

可乐乖乖女儿，老爸要去单位一趟，你要照顾好自己和这群小狗。老爸留。

可乐还没来得及洗脸刷牙，小狗们就咬着她的裤脚，把她一个劲往门口拖。

"你们再着急，也要让我洗脸刷牙吧？我总不

能一个大花脸就出门吧？"可乐真是又急又气，"你
们变成了小狗，什么事也不用管，只知道好玩，而
我呢？所有的担子都落在了我的肩上，我真是上辈
子欠你们的啊！"

可乐不知不觉就把老妈的那句"我上辈子欠你
们的啊"用上了。

可乐洗漱完毕，从冰箱里拿出几块蛋糕，她和
小狗们一人一块，吃完了就出发。

一路上，小狗们咬着可乐的裤脚，拖着她往前
走。可乐真有一种被绑架的感觉。

"你们这是去哪里呀？给我一点自由好不
好？"可乐大叫着，惹得旁人都笑呵呵地看着可乐
和她的小狗们。

小狗们拖着可乐，来到了游乐园。呵，贪玩的
东西！都变成小狗了，还记得游乐园。

可乐来到卖门票的窗口，把钱递过去。

"几张？"

"五张……哦不……一张。"可乐突然觉得应
该买一张门票。

"到底买几张呀？如果是五个人，买一张门票，是肯定进不去的哦。"售票的阿姨说。

可乐坚持只买一张门票，然后偷笑着带着小狗们进了游乐园。

"原来，变成小狗，还可以省掉门票钱。"可乐自言自语地说，

"以后，把你们变成人，我也变一次小狗。"

一进游乐园的大门，四只小狗就分散开来，各自跑到了自己的位置：老妈小狗跑到了摇摇椅旁，薯条小狗跑到了翻滚过山车旁，汉堡小狗跑到了蹦床边上，鸡翅小狗跑到了玩水上泡泡的岸边。

"My God！"可乐简直有些抓狂，"都变成小狗了，还记得自己喜欢玩的东西。"

没办法，一一满足他们的愿望吧。

可乐首先把老妈小狗抱到摇摇椅上，让摇椅摇了起来。然后，她买了票，陪薯条小狗坐了翻滚过山车，很刺激。接下来，可乐开始陪汉堡小狗玩蹦床。可乐刚买好上蹦床的票，薯条小狗也跟来了。跟来就跟来呗，反正不要门票。老妈小狗也跟来了，

只有鸡翅小狗没有跟来。

哟，不得了，鸡翅小狗已经跟随一个小女孩，乘着水上泡泡出发了。你看，鸡翅在泡泡中翻滚着，就像平时漂泡泡一样疯。

可乐带着老妈、薯条和汉堡玩蹦床，蹦得满身都是臭汗。可乐坐在蹦床上休息，让他们自个儿一边蹦去。老妈小狗也累得停了下来，躺着直喘气。不一会儿，薯条也靠着可乐躺下了。

汉堡呢？怎么没有影子？

可乐围着蹦床找了一圈，也没有汉堡小狗的影子。

汉堡小狗失踪了？

汉堡小狗被拐走了？

怎么向汉堡的爸爸妈妈交代？

可乐急了。

"汉堡，你出来，不要和我捉迷藏了。"可乐大叫着，想把汉堡小狗引出来，"你再不出来，我就要去德克士了，那里的汉堡正飘香呢。"

可是，不管可乐怎么叫喊，就是看不见汉堡小狗的身影。

可乐伤心地坐在地上，一副很无助的样子。老

妈小狗、薯条小狗和鸡翅小狗走过来，咬住可乐的裤脚，一个劲地拖着要走。

他们又想到哪里去呢？汉堡还没有找到呢。原来，他们肚子饿了，拖着可乐朝游乐园里的餐厅走去。

餐厅里，也有一家肯德基小店面，老妈小狗、薯条小狗和鸡翅小狗都站在肯德基小店面前不走。

"阿姨，来一份大套餐。"可乐还算仁慈吧？她尽量满意小狗们的需要。

套餐上来了，老妈小狗和薯条小狗抢着薯条，鸡翅小狗一下子就把那个鸡翅抢到了面前，可乐独自喝起了可乐。

餐盘里的那个汉堡，谁也没有动，仿佛都知道那是属于汉堡小狗的。看着这个汉堡，可乐连喝可乐的心情也没有了。

汉堡小狗究竟到哪里去了呢？

"有人丢小狗了吗？"店里响起的一个声音让可乐惊得从座位上跳了起来。

"我的小狗丢了。"可乐赶紧追了出去。

只见一个小男孩抱着汉堡小狗，站在门外。

"汉堡，你跑哪里去了？害得我到处找你。"可乐生气地接过汉堡小狗。

小男孩笑了："它的名字叫汉堡吗？真好听。瞧它这胖模样儿，还真的像汉堡呢。"

"谢谢你帮我找到了它。"可乐说。

小男孩笑得更开心了，说："不是我帮你找到了它，是它一直跟着我呢。我在蹦床上玩了出来，背着书包走了很远，才发现里面有一只小狗。它把我书包里的两个汉堡都吃光了，真是个贪吃的家伙！"

小男孩说完后，就走了。

可乐拍了拍汉堡小狗的脑袋，说："你再贪吃，小心被拐到宠物市场卖掉！"

可乐带着汉堡小狗走进肯德基店里的时候，发现桌子上多了一个餐盘，餐盘里的东西，已经被老妈小狗、薯条小狗和鸡翅小狗吃光了。这不，他们还在喝着红酒呢。

哪里来的红酒呢？

这时，服务台的阿姨过来了，她笑容满面地说："这三个小家伙很可爱，你出去后，他们盯住红酒不放，还又要了一份套餐。"

"谢谢您！我来埋单吧。"可乐从口袋里掏出钱包，付了钱，就只剩下一块钱了。

"My God，我破产了！"

可乐带着小狗们，离开了游乐园。回到家里，已经是下午三点钟了。她把那些好久不玩的积木从柜子里翻出来，放在客厅的地板上，对小狗们说："你们玩会儿，我要做作业了。"

可乐在房间里做了一会儿作业，就闻到了一股臭味儿。哪里来的臭味儿呢？

可乐来到客厅，傻眼了：鸡翅拉肚子了，她的屁股上，还残留着一些稀稀的便便。地板上、积木上，都沾满了鸡翅拉的便便。真是又脏又臭！

老妈小狗、薯条小狗和汉堡小狗，都跑到可乐的脚下，得意地看着鸡翅，好像在说："你惹祸了！你要遭受惩罚了。"

可乐捏着鼻子，跑进卫生间，拿出拖把，拖了好多次，才把地板拖干净。她又进房间里，开始做作业。

时钟的指针已经指向下午四点，可乐没有吃中午饭，这个时候已经饿得肚子咕咕叫了。

可乐从储钱罐里掏出一些零钱，到楼下的快餐店里，买了几盒快餐盒饭。她回到家里才发现，鸡翅小狗又拉了满地的稀大便，薯条小狗和汉堡小狗躺在地上，一动也不动。只有老妈小狗看起来精力充沛。

除了老妈小狗，薯条小狗、汉堡小狗和鸡翅小狗都拒绝吃东西。可乐仔细一看，薯条小狗和汉堡小狗发烧了，鸡翅小狗也因为拉肚子而全身无力。

"送医院！"可乐作出了自以为果断的决策。临走时，可乐把自己储钱罐里的钱都拿了出来。

宠物医院里，多数是一个人带一个宠物或几个人带一个宠物。可乐成了宠物医院里一道独特的风景：她一个人带了四只小狗。

可乐带着小狗们找到了肠胃科的小丫姐姐。

"哟，小姑娘，你一个人养了这么多狗宝贝呀？真可爱。他们中的哪个生病了？"小丫姐姐发现了老妈小狗，高兴地说，"哟，这就是上次送来检查的小狗狗吧？已经变得这样阳光健康了。"

"小丫姐姐，她拉了一下午的肚子，"可乐把

鸡翅小狗抱到检查台上，又抱起薯条小狗和汉堡小狗，说，"他们发烧。你给他们检查一下吧。"

小丫姐姐一边替小狗们检查一边说："发烧和拉肚子，只要治疗及时，是很快就能治好的，你不用担心。"

小丫姐姐的微笑，让可乐开心了许多。

"她吃得太多，所以拉肚子。"小丫姐姐指着鸡翅小狗对可乐说。是啊，鸡翅从来都不注意保持淑女形象，更何况变成小狗了呢。

"他们是受了点风寒，再加上吃了油腻的东西，所以发烧了。"小丫姐姐指着薯条小狗和汉堡小狗说。

对啊，昨天晚上，薯条还自己洗了淋浴呢，弄得全身湿透。至于汉堡，肯定是在玩蹦床的时候太卖力，出了太多的汗，还偷吃了人家两个汉堡。

小丫姐姐为小狗们打了针，配了药，便对可乐说："你们可以回去了，只要按要求服药，他们明天早上就会没事的。"

从宠物医院走出来，可乐翻了一下口袋："My God！我彻底破产了！"

可乐的口袋里，只剩下了五角钱。

梦中的老巫婆与小老怪

晚上，可乐做了一个梦：梦中，老巫婆和小老怪在吵架。

小老怪冲着睡在床上的老巫婆吼道："你天天这样睡，绝对没法减肥。你应该多出去走一走。"

老巫婆翻了一个身，把脸翻到了外面，说："你这死老头子，你存心害我啊？我出去走一趟回来，肚子饿了，就要吃饭，吃了饭，就要长肉。"

小老怪说："你这是什么逻辑啊！再说，我从来没有嫌弃过你长得胖啊。"

老巫婆又翻了个身，把脸翻到了里面，说："你

敢嫌弃我？我不嫌弃你就是你的万幸了。"

老巫婆不再理睬小老怪。

小老怪从老巫婆的房间里走了出来。他来到沼泽地里，从蓝胡子上取下一个酒杯，扔进沼泽地里。沼泽地里马上就多了一个跳墩儿。小老怪坐在跳墩儿上，喝起了闷酒。他一杯接一杯地喝酒，鼻子上挂着的红葫芦就一杯接一杯地为他斟满。小老怪蓝胡子上的酒杯，一直没有空过。

"小老怪啊小老怪，就是想讨巫婆爱，巫婆天天忙减肥，哪里在乎小老怪……"

小老怪唱了一段，又从沼泽地里出来，一边走，一边喝酒。喝累了，他又开始唱：

"我是小老怪，人见人爱的小老怪。巫婆忙减肥，理也不理小老怪……"

"小老怪，小老怪，你过来！"

老巫婆的声音，在沼泽地上空回荡。

小老怪一惊，吓得差点摔跟头。他赶紧朝老巫婆的屋子跑去。

"有……什么事啊……是不是……又称体重……越来越重了……"小老怪结结巴巴地说。

哈哈，原来，巫婆减不了肥，也是要怪罪于小老怪的。可怜的小老怪呀！

"你把我的拐杖弄到哪里去了？"老巫婆喝道。

小老怪一副可怜的神情："我……我从来都……不敢动你的拐杖啊……是不是……你自己飞出去……忘了带回来……"

"屁话，我飞出去要用它，飞回来不也同样需要它吗？我是女巫，怎么能丢了扫把？"老巫婆的声调提得更高了。

"我……我真的……不知道……"

"噢，可怜的小老怪，你怎么还要留在老巫婆身边呢？逃吧，逃得越远越好。"这个声音，是从小老怪鼻子上的红葫芦里发出来的，只有小老怪能听见，老巫婆是听不见的。

"你赶紧出去吧，不要影响我睡觉减肥了。"老巫婆说。

小老怪哆哆嗦嗦地往外走去。刚走出不远，小老怪突然又折回来，他从墙角的一个壁橱里，拿出一个黑色的包，乐呵呵地走到老巫婆的床前。

"怎么又回来了？"老巫婆没好气地问。

"我有牛仔裤和红皮鞋,你穿起来肯定漂亮。"小老怪讨好地说。

老巫婆果然爱美!她飞快地从床上下来,一把抢过小老怪手中的包,从里面翻出了牛仔裤和红皮鞋。

"穿上牛仔裤,我至少年轻二十岁。"老巫婆迫不及待地把牛仔裤穿上了。

"穿上红皮鞋,我就变成如花似玉的少女了。"老巫婆又穿上了红皮鞋。

奇怪的是,这牛仔裤和红皮鞋,好像是专门为老巫婆定做的一样,她穿着还刚好合适呢。

"小老怪,你真可爱。给我牛仔裤,又给我红皮鞋。小老怪,可爱的小老怪!"

老巫婆围着小老怪跳起了圆圈舞。

"噢,小老怪,你要是再给我弄一件牛仔衣来,我就是天下最时髦的女巫了。"老巫婆对小老怪说。

小老怪犯愁了:到哪里去弄牛仔衣呢?

"商场里有啊!"小老怪鼻子上挂着的红葫芦小声说。

"可是,我没有钱啊!"小老怪摸了摸上衣的两个口袋,再摸了摸两个裤袋,说,"我真的是四

个口袋一样重——身无分文啊。"

一听小老怪说没有钱，老巫婆赶紧捂紧了她的钱口袋，说："小老怪，你可不准动我一分一角钱啊，我可是要存起来，做吸脂手术，买减肥茶，还有美白素、美白面膜……"

唉，这可真是一个爱臭美的老巫婆！

"小老怪，楼上的小丫头，漂亮衣服很多，你去看看，她有没有好看的牛仔衣，给我弄一件来。"老巫婆一边说，一边又睡到了床上。

小老怪从家里出来，向楼上走去。

小老怪举起手，想敲可乐家的门。

"算了吧，不要吓坏了小丫头。"小老怪说完，就坐在可乐家的门外，喝起了酒。

喝足了酒，小老怪回了家。老巫婆躺在床上，一直咕哝着，不知道在说些什么。只见小老怪坐在老巫婆床沿上，低着头。也许，只有他知道老巫婆在说些什么。

小老怪在老巫婆的房门口，坐在门槛上喝酒。

"汪——汪——"一阵狗叫声传进了小老怪的

耳朵里。

"嘿嘿嘿,楼上的小狗们,叫得正欢呀!"老巫婆说,"楼上的小丫头,长得太可爱了,可爱得让人嫉妒。小丫头的老妈,太有女人味儿了,美丽得让我揪心得疼啊。"

老巫婆说完,从床上起身来,打开了她那装满了各式各样衣服的衣橱。她转过身,对小老怪说:"你可别跟来,这是我的私人地盘。"

小老怪可真听话,老巫婆这么一说,他便向门外走去了。

老巫婆钻进了衣橱里。

如果是拍电影的话,请把摄像头对准可乐卧室里的衣橱吧。

可乐卧室里衣橱的门打开了,老巫婆从衣橱里探出脑袋,她见可乐睡得正香,便从衣橱里出来了。

老巫婆掀开可乐那薄薄的被子,见那四只小狗也睡在可乐的被窝里,她"嘿嘿嘿"地坏笑起来。

"想要把他们变成人的模样?没那么容易!"老巫婆怪笑着说,"嘿嘿嘿,除非你找到了我藏在沼泽地里的那颗蓝宝石戒指,然后,和我一起,骑着女巫

的扫把，在我的巫婆岛上飞过，他们才能变回人样。"

老巫婆轻轻地把被子放下，那双小眼睛，开始在黑暗中寻找。她是在寻找那根拐杖，也就是女巫的扫把吧？

……

"哐——"

可乐家的门被打开了。

"嚓——"可乐家客厅的灯也亮了。

可乐的老爸回来了。

"吼吼，有枪的家伙回来了。"老巫婆赶紧钻进衣橱，一下子就不见了。

老爸进了可乐的房间，他掀开被子，看见了被窝里的可乐和四只小狗，他开心地笑了。

"啊！老爸，有巫婆！"可乐尖叫着睁开了双眼，一下子就坐了起来。四只小狗也被可乐的尖叫声吓醒了，他们也"汪汪汪"地叫了起来。

"可乐，哪里有巫婆呀，是我回来了。"老爸摸着可乐的头说，"都怪老爸不好，经常很晚才回家，让你在家里担惊受怕。"

再闯巫婆岛

天亮了，可乐和小狗们都起了床。

今天是星期天。

老爸从卧室里出来，问："可乐，想吃什么？我们出去吃吧。"

"唉，什么也不想吃。想吃的东西又吃不上。"可乐摇了摇头。

是啊，这些天来，德克士、肯德基、火锅馆、快餐店……小区附近有饭卖的地方，都被可乐和老爸吃遍了。家里、餐桌上堆满了饼干盒子、便餐盒子、一次性筷子、方便面盒子……冰箱里，已经没有可以填饱肚子的东西了。

卫生间里的脸盆里、面巾架上、洗衣机里、胶桶里……都堆满了脏衣服。

客厅里的沙发上、茶几上、地板上……都摆满了臭袜子。

一天晚上，可乐亲眼看见一只老鼠从鞋柜里钻出来，捏着鼻子，不停地喊：“臭啊，真臭啊！”

老爸摸了摸可乐的头，又抱起老妈小狗，对可乐说：“可乐，赶紧想办法，把你老妈变回来吧。没有她的日子，真的不好过啊。”

“老妈，可乐想您，您就唠叨几句吧，可乐不怪您了。”可乐把老妈小狗从老爸的手里接过来，亲吻着她的鼻子、额头。老妈小狗也用舌头亲热地舔了舔可乐的脸颊。

薯条小狗、汉堡小狗和鸡翅小狗也围着可乐，不住地咬她的裤脚，仿佛在说：“把我们也变回来吧，明天就要上学了。”

是啊，可乐真得努力把他们变回来才是。有了老妈，生活才更加有滋味。明天就星期一了，可乐总不能带着三只小狗去上学吧？总不能在金丝猴儿哥点名的时候，让三只小狗回答吧？

　　"老爸，昨天晚上，我做了一个奇怪的梦。"可乐说，"老巫婆说，只有找到她丢失在沼泽地里的那颗蓝宝石戒指，然后和她一起，骑着女巫的扫把，在巫婆岛上飞过，小狗们才能变回人样。"

　　寻找丢失的东西，对当公安局长的老爸来说，应该是拿手好戏了。在老爸当上公安局长之前，他亲手做过无数方案，找回过无数被犯罪分子夺走的国宝。因为他建立了无数的功勋，才当之无愧地晋升为公安局长。

　　"可乐，我们先部署一下吧。"老爸和可乐商量了起来。他们在纸上画好了进攻与撤退的路线，还定好了远处联络的暗语，可乐和老爸都带了一部手机，把预计可能要发送的短信都存在了发件箱里……

　　"这方案绝对万无一失！"老爸胸有成竹地说。

　　"你们就好好地待在家里，等我们找到了蓝宝石戒指，再来接你们去巫婆岛的上空飞翔。"可乐对小狗们说。

　　临走的时候，可乐还把自己那条非常漂亮的水

晶项链揣进了口袋里。

"这个是我们策划外的物品，你带着它有什么用呢？"老爸问可乐。

"嘘——这是秘密！"可乐做出很神秘的样子。老爸用食指刮了一下可乐的鼻子，说："鬼丫头，鬼精鬼精的。"

"一切准备就绪。出发。"可乐一副整装待发的样子。

老爸突然问可乐："你还没告诉我，老巫婆住在哪里呢。"

"哈哈哈——"可乐大笑着说，"其实，征途并不遥远，就在我们家的楼下。"

老爸傻眼了，他怎么也没想到：自己家的楼下，居然住着老巫婆和小老怪。

可乐和老爸来到了老巫婆的门外。

"笃笃笃——"可乐敲响了老巫婆家的门。

"谁呀？叫魂儿啊？"老巫婆那"张飞吼"一样的声音，从门缝里传出来。

"嘎吱——"开门的是小老怪。

老爸的眼睛，一下子就盯住了小老怪鼻子上挂着的那个红葫芦，还有蓝胡子上挂着的那几个小酒杯。

可乐趁小老怪不注意，一下子就挤了进去。正当老爸也准备挤进去的时候，"哐当"一声，老巫婆家的门，重重地关上了。

"叽叽叽——叽叽叽——"老巫婆家的报警器响了。

"小老怪，这小丫头身上有禁止带入的东西，给我搜出来。"睡在床上的老巫婆发话了。

小老怪从可乐身上搜出了那部手机，飞快地拿去递给了老巫婆。老巫婆把手机拿在手里，掂了掂重量，说："这玩意儿怎么越来越轻了呢？这个大概有三两重吧？如果再没收两三部，也许可以凑足一斤废铁，净赚几毛小钱。"

可乐真是气得咯血呀！几千元一部的手机，老巫婆却拿它当废铁卖。

老爸没能进来，自己的手机也被没收，可乐只有孤军奋战了。

正当可乐想溜出去的时候，巫婆从衣服上取下

一个纽扣，往空中一抛，它就变成了一个蓝眼睛的纽扣小怪。纽扣小怪的嘴里喷出一团蓝色的烟雾，直奔可乐而去。蓝色烟雾击中了可乐，可乐顿时感觉浑身冰凉，动弹不得。

纽扣小怪把可乐扛在肩膀上，走出了老巫婆的房间。

纽扣小怪走起路来，就和飞一样快。可乐只听见耳边呼呼的风声，所有的景物都从身边一闪而过，根本分不清楚是些什么。

"放下我，我冷啊。"可乐哆嗦着说。

"我若放下了你，老巫婆可不放过我啊。"纽扣小怪说，"我们来到这世间的任务，就是为老巫婆服务。"

纽扣小怪在一片树林里停下来了。这时候，可乐被冰冻的身体，也已经暖和了，不再僵硬。

"这是哪里？"可乐望着这个陌生的林子。

"这是巫婆岛上的纽扣丛林。"纽扣小怪说，"也算是老巫婆的纽扣加工厂吧。"

纽扣加工厂？可乐好像回忆起来了：老巫婆的

确在下面的小店里卖过纽扣，但好像前两年就破产停业了，怎么又操起老本行来了？

"你就在这里好好地种树吧。你从树上摘下一个纽扣，种在地里，然后它就会长成一棵小树。你只有种够了九千九百九十九棵纽扣树，并且让这些纽扣树都长成参天大树，结出许多纽扣的时候，你才可以离开。"纽扣小怪说完，把一把小锄头和一个小水桶交给可乐。

原来，老巫婆以前卖的纽扣，是纽扣树结出来的啊？

可乐打量着丛林中的纽扣树：每一棵树上，都挂着五颜六色、形状各异的纽扣。

"别傻看了，想早些出去的话，就赶紧种树吧。"纽扣小怪说，"不过，我真担心你会不会种树呢，千万别一不小心，把自己给种到土里了。"

可乐斜了纽扣小怪一眼，说："你不就是会喷一下冷雾把人冻僵嘛，有什么资格看不起别人？"

可乐拿起锄头，很快就挖了一个坑，然后从树上摘下一个纽扣，放进坑里，再把刚才翻开的土掩上。

奇迹，就在这一刻发生了：刚刚种下的纽扣，眨眼间，就发出了嫩芽。

"哈哈，嫩芽嫩芽，你快长大吧，我也好早些回家。"可乐笑呵呵地说。

听了可乐的话，纽扣小怪笑得在地上滚来滚去。它说："纽扣树，发芽快，想让它长成参天大树，除非遇上老妖怪。"

"啊？如果不能遇上老妖怪，我就永远留在这纽扣丛林中了？"可乐觉得不可思议，喊道，"再这样待下去，我肯定会被变成妖怪的。"

纽扣丛林

挖坑，种纽扣，浇水。

挖坑，种纽扣，浇水。

……

可乐一口气种了三十棵树，已经累得直不起腰了。她干脆丢下锄头和小水桶，倒在地上，呼呼大睡。

这时，纽扣丛林中的好多纽扣，都变成了纽扣小怪，它们一个个都喷着蓝色的烟雾，一蹦一跳地来到了可乐的身旁。

"起来，这是我们的地盘。"

"我们的地盘是不允许有人睡觉的。"

"种不上九千九百九十九棵树，种的树没有结

出纽扣来，你是回不去的。"

......

纽扣小怪们七嘴八舌地说。

可是，可乐太累了，她根本没有听到纽扣小怪们的话。

"她再不起来，我们就冰冻她，让她永远睡在这里。"一个纽扣小怪说。

"好，我们冰冻她，让她永远睡在这里。"所有的纽扣小怪都这么说。

正当纽扣小怪们准备用蓝色的雾气冰冻可乐的时候，小老怪唱着歌儿来了：

"小老怪啊小老怪，就是想讨巫婆爱，巫婆天天忙减肥，哪里在乎小老怪……我是小老怪，人见人爱的小老怪。巫婆忙减肥，理也不理小老怪……"

"尊敬的小老怪大人，纽扣丛林欢迎您。"纽扣小怪们都毕恭毕敬地对小老怪说，它们围了一个圈，把可乐围在中央。它们挡住了小老怪的视线，让小老怪看不到睡在地上的可乐。

"是不是有个小丫头在这里？"小老怪问。

"没有，绝对没有，这里除了纽扣，还是纽扣。"

纽扣小怪们齐声说。

小老怪鼻子上那个红葫芦悄悄地说："纽扣小怪们在撒谎。"

"它们把可乐小丫头围在正中央。"小老怪的蓝胡子说。

小老怪围着纽扣小怪们转了一圈，说："我的酒杯里，有喝不完的酒，谁也不知道我红葫芦里，卖的是什么药。"

一听小老怪说红葫芦里的药，纽扣小怪们便纷纷求饶："尊敬的小老怪大人，纽扣丛林欢迎您。您饶恕我们的罪过吧，我们把这小丫头还给您。"

纽扣小怪们说完，便把身子闪开，露出了脸上挂着笑窝的可乐。

纽扣小怪们怎么这样怕小老怪？这得从很久很久以前说起：有一次，小老怪没有得到老巫婆的许可，到纽扣丛林里来私运纽扣，纽扣小怪们便用蓝色的烟雾喷小老怪，企图把他冻住。哪知小老怪的葫芦时喷出一股酒雾，浇到哪里，哪里就产生火光。纽扣小怪们都是属冰冻的，哪里能见火呀！它们在大火中鬼哭狼嚎，一片混乱。最后，纽扣小怪们只得放行，眼见着小老怪把纽扣偷运出去。

据小老怪交代，那次私运纽扣出去贩卖所得的赃款，小老怪用来给老巫婆买了一条桑蚕丝围巾，让爱美的老巫婆兴奋了好久。

如今，纽扣小怪们一见小老怪提到红葫芦，就吓得魂飞魄散，它们一个个都悄悄地离开了。

可乐醒来了，她看到眼前的小老怪，顿时像看到救星一样快乐。

"嗨，小老怪，您好啊！"可乐热情地和小老怪套着近乎，在她看来，只要有小老怪在，什么事情都好办。

小老怪笑呵呵地望着可乐，一副傻乎乎的模样。

"小老怪，我给你带礼物来了。"可乐一边说，一边装模作样地摸着口袋。

"嘿嘿，谢谢。"一听说有礼物，小老怪可高兴了，他的那双小眼睛，眯成了一条缝儿。

可乐在口袋里摸了一会儿，惊讶地喊道："天啊，居然丢了！"

"什么丢了？"小老怪好奇地问。

"我那漂亮的水晶项链丢了。"

"丢哪里了？你回忆一下，我可以帮你找。"

"我记得……好像……哦对，纽扣小怪扛着我经过沼泽地的时候，我记得水晶项链掉进沼泽地里了。"

"噢，那我去帮你找一下。"小老怪说完，便转身想走。

可乐一把拉住小老怪的胳膊，说："亲爱的小老怪，您把我也带走吧。如果您愿意把我带走的话，我那条水晶项链可以送给您。"

小老怪最喜欢这些漂亮东西了，他想用这些东西讨老巫婆的喜欢。小老怪从鼻子上取下红葫芦，用手指在红葫芦的肚子上敲了三下，说："把这小丫头给我带走吧。"

红葫芦一下子就张开嘴巴，把可乐吸进肚子里去了。

"小老怪，你可要记得放我出来呀。"可乐在红葫芦里叫喊着。

"嘘——"小老怪说，"轻点声，要是让纽扣小怪们听到了，状告到老巫婆那里，不但你逃不掉，我也没办法交代呀。"

　　小老怪的红葫芦，重新挂到了鼻子上。他一边朝前走，一边东张西望，好像真的是在做见不得人的事情。

　　"小老怪，等一等。"

　　"等一等，小老怪。"

　　一群纽扣小怪追来了。

　　"干什么？我没有做坏事。"小老怪用手护着那个红葫芦，十分紧张地说。

　　"我们没有说你做坏事呀。"一个纽扣小怪说，"不过，那个种纽扣树的小丫头不见了，您看见她了吗？"

　　小老怪双手护着红葫芦，说："我没有拐走她，这不关我的事，你们放我走吧。"

　　"噢，您忙您的事情去吧。不过，您先别告诉老巫婆，我们把小丫头弄丢了。"纽扣小怪们说。

　　"呵呵——"可乐在红葫芦里笑出了声，小老怪害怕，没想到纽扣小怪们比他更害怕。

　　红葫芦里的可乐，摆弄着手中那颗还没有来得及种下的纽扣，自言自语地说："将来，我要把这

颗纽扣带到历史博物馆,哈哈!或者,我把它种在阳台上,让它结出许许多多纽扣。"

"出来吧,到沼泽地了。"

小老怪的话音刚落,红葫芦便把可乐喷了出来。

"赶紧把我的水晶项链摸上来吧,送给老巫婆,她一定会喜欢。"可乐笑呵呵地对小老怪说。

小老怪傻呵呵地笑了笑,朝沼泽地里走去。

奇怪的是,小老怪每走到一个地方,都会自动为他冒出一个跳墩儿,让他踩着一路前进。

"你得下去摸呀,水晶项链可不会漂在沼泽地的上面哟。"可乐着急地喊道。

小老怪笑了笑,从蓝胡子上取下一个酒杯,扔进沼泽地里,说:"帮我找找水底下的宝贝吧,金的、银的、铜的、铁的……统统摸上来再说。"

酒杯下去后,不断地朝小老怪的跳墩儿上扔东西:

有金制的项链,有银制的耳环,有玉制的手镯,有铜制的镜子……太多了,小老怪看也看不过来。

"原来,老巫婆还背着我,在这沼泽地里藏了这么多私房货。"小老怪皱着眉头。不过，不到五秒钟的时间，小老怪便眉开眼笑地说，"哈哈，我发财了！"

可是，还是没有可乐需要的蓝宝石戒指呀。

嘿嘿，也没有小老怪需要的水晶项链。

小老怪从蓝胡子上取下另外两个酒杯，扔进了沼泽地里。这下，酒杯们扔上来的东西更多：金的、银的、铜的、铁的……真是不胜枚举啊。

后来，三个酒杯都上来了。

"沼泽地里已经没有值钱的东西了。"

"该摸的，我们都摸完了。"

"就剩下泥潭了。"

三个酒杯都说沼泽地里没有值钱的东西了。

小老怪把三个酒杯重新挂到蓝胡子上。

"吼吼，你们三个，居然敢私藏宝贝。"红葫芦说道。

小老怪赶紧取下酒杯，把它们翻了个底朝天。

"当——当——当——"

分别从三个酒杯里倒出了红蝴蝶胸针、绿蛤蟆

发簪、蓝宝石戒指。

"蓝宝石戒指!"可乐尖叫起来。

小老怪捡起蓝宝石戒指,来到可乐身边,说:"你喜欢这个?"

"喜欢喜欢,您把它送给我吧。"可乐迫不及待地想拥有这枚能把小狗们变回人样的戒指。

哪知小老怪却乐呵呵地把蓝宝石戒指放进了贴身的口袋里,说:"你喜欢,老巫婆肯定也喜欢,我要留着送给她。"说完,他就准备朝老巫婆的房间走去。

可乐赶紧上前拉住小老怪,说:"这些东西都是老巫婆私藏在沼泽地里的,你全都给她弄了上来,还敢拿着这戒指去见她,你就不怕她生气?"

"哦——"小老怪脸上的笑容,一下子就没有了。

可乐趁机从口袋里摸出水晶项链,说:"不如这样吧,我们交换一下。您把蓝宝石戒指送给我,我这条水晶项链送给您,您再拿去送给老巫婆,她一定会喜欢。"

这个办法不错,简直就是"偷梁换柱"啊。这

条大计，薯条经常用，今天可乐也信手拈来了。

小老怪把蓝宝石戒指递给可乐，一把抢过水晶项链，笑得脸上开了花。他乐颠乐颠地转身就要离去。

"等一下。"可乐不让小老怪离开。

"怎么，你反悔了？"小老怪显得十分紧张，"你想做什么我都可以答应你，反正我不愿意再要回那枚蓝宝石戒指。"

哈哈，小老怪，孩子一样的小老怪。

"我也不会要回水晶项链。"可乐说，"但我希望您能像上次一样把我送出去。"

"送出去？让我想一想。"

"您把我留在这里，就多一个人知道您的秘密。您难道希望有一个知道您的秘密的人在您身边吗？"

小老怪也觉得可乐说得很有道理，便答应把可乐送出巫婆岛。

小老怪的蓝胡子

　　可乐从老巫婆的家里出来，看见楼梯口站满了整装待发的公安刑警。他们一个个都端着枪，神情严峻，仿佛在执行一项艰巨的任务。

　　"一号。"

　　"一号准备完毕。"

　　"二号。"

　　"二号准备完毕。"

　　"三号。"

　　"三号准备完毕。"

　　……

　　可乐还没见过这样紧张的气氛，吓得"噔噔噔"

几步就蹿到了家门口，只见老爸正拿着对讲机说："一定要注意人质的安全……"

"老爸，我回来了！"

可乐这一叫，差点吓坏了老爸。他放下对讲机，一把抱住可乐，说："乖乖女儿，你终于回来了！"

"取消行动，各自归队。"老爸一声令下，站在楼梯口的公安刑警，便整齐有序地撤退了。

可乐和老爸进了屋，小狗们也围了过来。

"可乐，老巫婆没有为难你吧？"老爸颇有兴致地问。

可乐说："老巫婆正睡在床上减肥呢。还是那个可爱的小老怪把我救出来的，很惊险哦，那是你在侦破工作中所没有经历过的。太刺激了！"

见可乐讲得这样神奇，老爸也心动了："什么时候能进去亲身经历一下，就好了。"

可乐从口袋里掏出蓝宝石戒指，说："老爸，我找到蓝宝石戒指了。"

可乐的话刚说完，汉堡小狗就"呼啦"一下跑过来，抓走了可乐手中的蓝宝石戒指。

"呵，这可恶的汉堡，都变成小狗了，还这么喜欢抢好看的东西。"可乐一边说，一边追着汉堡小狗。

别看汉堡小狗最胖，这会儿，他却跑得很快，牵着可乐的鼻子，从客厅跑到卧室，又从卧室跑到客厅，又跑到饭厅、厨房，最后跑到了卫生间。

"小心，别把戒指掉进了下水道里！"可乐尖叫着。

刚跑到下水道旁的汉堡小狗，听到可乐的尖叫，来了个急刹车。也许因为跑得太快，没刹住，一下子就摔了个四脚朝天。

"当当当——"

蓝宝石戒指摔了出来，在地上跳了几下，最后，"咚"的一声响，滚进了下水道里。

可乐傻眼了，她飞起一脚，向汉堡小狗踢去。汉堡小狗哪里会坐以待毙？他没有等可乐踢到他，拔脚就跑，跑到老爸书房里的电脑桌下躲了起来。

"老爸，蓝宝石戒指掉进下水道里了！"可乐急得大喊。

老爸急急忙忙地闯进了卫生间，另外的三只小

狗也闯进了卫生间。

"别挤，别挤！"老爸大叫，"没事的，没事的，都一边玩去。"

可是，那三只小狗却偏要看热闹，一个个都努力地往前挤。

"哗啦——"，装着水的盆子，被挤翻了！盆子里的水，一股脑儿地拥向下水道。

"完了，完了！"可乐一屁股坐在地上，说，"我冒着种九千九百九十九棵纽扣树的危险，找回了蓝宝石戒指，没想到就这样丢了。"

小狗们吓得跑出卫生间，各自找到一个自认为安全的角落，躲了起来，不敢吱声。

"怎么办啊？老爸。"可乐快要哭出来了。

老爸站蹲下身来，埋下脑袋，往下水道里看。

"老爸，下面黑洞洞的，有什么好看的啊？"可乐把老爸拉起来站直了，说，"您以为这是抓坏蛋啊？还需要蹲点？"

老爸无可奈何地看着可乐，说："我不闻不问，你会说我不关心这事儿。我过问了，你又挑三拣四，说我这不好那不好……"

"老爸，现在，您就把这枚戒指当成一个罪犯，您一定得想办法把它给找出来！"可乐下命令似的对老爸说，"您得对老妈负责，我得对薯条、汉堡和鸡翅负责！"

可乐，好家伙，居然对公安局长老爸发号施令！

这时候，老妈小狗衔着一个塑料口袋，跑进了卫生间。

"过去好好待着，你就别到这里来添乱了。"老爸对老妈小狗说。可是，老妈小狗就是赖着不走。

"老爸，老妈的意思，是让我们把塑料口袋裹在手臂上，把手伸到下水道里，把戒指摸上来。"可乐明白老妈小狗的意思，因为以前她看见过老妈用这种方法，把掉进下水道里的东西摸上来。

老爸从老妈小狗的嘴里取下塑料口袋，准备套在自己的小臂上。可乐一把从老爸手里抓过口袋，一边往自己的小臂上套一边说："你那双手，拿枪还行，我担心你笨手笨脚的，把戒指给摸没了。"

可乐说完，把手伸进了下水道——

"哎呀——"

可乐一声尖叫，惊得老爸赶紧问："摸到戒指了？"

可乐的尖叫声，把小狗们也引来了，他们似乎也做腻了小狗，也想变回人样了。

可乐从下水道里摸出了一个小酒杯！

"这是小老怪的酒杯！"可乐说。

就在这时候，又从下水道里蹦出两个小东西！老爸和可乐分别接住一个，一看：都是小酒杯！

小老怪的酒杯，可是挂在他的胡子上的，谁给他扔到了这里？

"肯定是老巫婆干的！"可乐说，"小老怪超级喜欢喝酒，他怎么会扔掉自己的酒杯呢？"

就在可乐和老爸瞧着酒杯的时候，小狗们"汪汪汪"地叫了起来，一定是发现什么情况了。

"可乐，闪开！"老爸赶紧把可乐护在身后，就像遇到了恐怖分子一样。

原来，从下水道里冒出一条蓝色的尾巴。尾巴尖尖的、光溜溜的、一动一动，让老爸紧张了起来。

这条尾巴在厕所里搜寻，很快就找到了一个酒杯，酒杯很快就挂在了尾巴上面。

"谁的尾巴？难道是老巫婆的？"老爸问可乐，"你见过老巫婆，她的尾巴是这样的吗？"

这时候，又一条蓝色的尾巴从下水道里冒出来了，它迅速从可乐手中夺走酒杯，穿在了自己的尾巴尖儿上。第三条蓝尾巴，从可乐手里抢过了酒杯，也同样穿在了尾巴尖儿上。

"是小老怪的蓝胡子！"可乐尖叫起来。

"小老怪？老巫婆家的小老怪？就住在我们家楼下？怎么也和老巫婆一样，开始侵略我们家了？"老爸神色慌张地说。

看着老爸慌张的样子，可乐笑了："老爸，遇到事情，一定要镇定，慌张是行动的大敌……"可乐学着老爸教训人的样子说。

老爸瞪了可乐一眼。

"老爸，不要着急，小老怪可是个大好人呢！说不定，他能再次帮我找到蓝宝石戒指。"可乐拍了拍老爸的肩膀，安慰着老爸。

可乐伸出手，轻轻地抚摸着那几根蓝胡子，学

着小老怪的语调，唱了起来："小老怪啊小老怪，就是想讨巫婆爱，巫婆天天忙减肥，哪里在乎小老怪……我是小老怪，人见人爱的小老怪。巫婆忙减肥，理也不理小老怪……"

三根蓝胡子，随着可乐的歌声，慢慢地生长、生长，像藤蔓一样，顺着可乐家的墙壁生长。

不一会儿，可乐家的墙壁上，爬满了蓝胡子。

"汪汪——汪汪——"小狗们对着蓝胡子"汪汪"地叫着。

老妈小狗叫得特别生气，她一定是骂蓝胡子霸占了他们家的墙壁。平时，老妈可是最讨厌可乐弄脏墙壁的。

薯条小狗、汉堡小狗和鸡翅小狗叫得很快乐，他们仿佛在欢迎蓝胡子的到来。

"可乐，你能想个办法，让蓝胡子缩回去吗？"老爸也着急了。

可乐想了想，她走进卧室，拿出女巫的扫把，使劲敲打着墙壁上的蓝胡子。

呵，这一招可真灵：蓝胡子很快就收缩了，变得像三根插在下水道里的葱。

集体走进巫婆岛

"看，小酒杯里还有酒呢！"老爸也像可乐一样尖叫起来。

可乐奇怪地盯着老爸：一向稳重的老爸，怎么也变得像孩子一样？真是奇怪！

浓浓的酒香味儿，充满了整个卫生间，老爸、可乐，还有小狗们，都在做着深呼吸。在厕所里做深呼吸，是很难得的！

老爸从蓝胡子上取下一个小酒杯，放在鼻子边，闭着眼睛，深深地吸了一口气，说："美酒啊！"

老爸说完，把酒杯放在唇边，用嘴唇轻轻地沾了一下："啊，这可是天底下最美味最美味的酒。"

老爸说完,把这杯酒一饮而尽。

老爸伸出手,又想从蓝胡子上取酒杯,可乐眼疾手快,迅速地抢下了另外两个酒杯。

"可乐,你也想喝?小孩子不准喝酒!"老爸像孩子一样,和可乐争起了酒。

可乐撇着嘴,说:"谁说的小孩子不能喝酒?是生产厂家规定的,还是您规定的?"

这下可把老爸给问住了。可乐见老爸没能占着上风,又说:"生产厂家没有说吧?酒的包装盒上没有写吧?酒瓶酒杯上也没有写吧?"

可乐说完,"咕咚"一下,就把一杯酒给喝完了。

喝完了一杯酒,可乐后悔了:还没尝着什么味儿呢,这酒就下肚了。

可乐想喝第二杯,可是,小狗们蜂拥而上:老妈小狗把老爸撇在一边,薯条小狗抓住可乐的手,鸡翅小狗紧紧地箍住可乐的脖子,汉堡小狗一反常态,动作非常灵敏,以迅雷不及掩耳之势,从可乐手中抢过了酒杯。

小狗们得逞了,他们丢下可乐和老爸,跑到了可乐的卧室里。老妈小狗从汉堡小狗手中拿过酒杯,站在小狗们的中央，她自己先喝了一小口，然后，分别让薯条小狗、汉堡小狗和鸡翅小狗喝了一小口。

最后，酒杯里还有几滴酒，老妈小狗来到卫生间里，把还剩有几滴酒的酒杯，递给了可乐老爸。

"老爸，您看，还是老妈心疼你呀，连喝酒也想着您呢。"可乐打趣道。

老爸接过酒杯，把最后的几滴酒也喝光了。

三只小酒杯，又回到了蓝胡子上。

突然，三根蓝胡子剧烈地颤抖起来，三个小酒杯，在蓝胡子上晃来晃去，好像一不小心就会掉下来。

"小老怪，你在玩什么花样啊？"可乐抓住蓝胡子，朝下水道叫喊着。

"可乐，救救我！"下水道里传来了小老怪的求救声。

"小老怪遇上危险了，我要去救他！"可乐对老爸说。

老爸一把抓住可乐，说："你对付得了老巫婆吗？老巫婆再怎么凶，也不会把小老怪吃了吧？"

可乐瞪了老爸一眼："老巫婆就是老巫婆，

老巫婆可不是我老妈，再怎么对您凶，也不会吃了您。"

可乐的话，让老爸哑口无言。

"呵呵——"小狗们不知道什么时候来到了卫生间，他们居然也笑出了声儿。

这时候，可乐感觉有些晕乎乎的了，整个身体都不听使唤，好像有一个声音在说："下来吧，下来吧，巫婆岛上很好玩。"

老爸和小狗们也像可乐一样晕乎乎的了，他们也听到了一个同样的声音："下来吧，下来吧，巫婆岛上很好玩。"

下水道里开了一扇门，这扇门越开越大，已经能让一个人顺利通过了。

可乐、老爸，还有小狗们，都不由自主地走进了这扇门。

"好臭啊！"老爸捂住鼻子，憋声憋气地说，"这懒巫婆，肯定不讲卫生。"

可乐说："老爸，如果老妈小狗再变不回来，没有人打扫卫生，我们家很快就会也有这样的味道了。"

小狗们也捂住鼻子，一副受不了的样子。

沼泽地里，那些跳墩和以往不同。今天的跳墩，一个个都像小船一样，在沼泽地上漂移着，显得清闲自在。一个跳墩漂到了岸边，薯条小狗赶紧爬上去，鸡翅小狗也好奇地爬了上去。汉堡小狗不敢上去。

"哈哈，汉堡，怕被熏成臭味儿汉堡，不敢上去了吧？"可乐笑着说。

就在这时候，薯条小狗和鸡翅小狗一把抓住汉堡小狗，把他也拉了上去。

跳墩离开岸边，向沼泽地的中央漂去。

"蓝宝石肯定掉在这岛上了，我们去找小老怪，让他帮我们找一找吧。"可乐说。

"汪汪——"老妈小狗叫了几声，便朝前跑去，她一定听到什么了。可乐和老爸也跟了上去。

很奇怪，老妈小狗带着可乐和老爸，居然找到了老巫婆的房间。

上次来的时候，可乐他们根本就找不到老巫婆的房间，要不是小老怪带路，他们只能在巫婆岛上闯迷宫。

"我放在沼泽地里的金银首饰，全都没有了，是不是你偷偷地给我拿走了？还有，我的扫把，我明明从楼上的小丫头那里拿回来了，却又神秘失踪，是不是你搞的鬼？"老巫婆那怪怪的声音，从房间里传了出来。

"可乐，这老巫婆真的是我们家楼下的老太婆？这声音，和那天早上来敲门的老太婆的声音一模一样！"老爸说。

小老怪的声音也从房间里传了出来："我……我没有……我只是……"

"你没有什么？你还想抵赖？除了你，还有谁能从沼泽地里捞东西？"老巫婆越说越生气，"当心我把你也吊到沼泽地里，用臭气熏成肉干！"

可乐瞧了瞧老妈小狗，把嘴巴凑到老爸的耳朵边上，小声说："老爸，老巫婆和老妈相比，您认为哪个更凶一些？"

老爸瞪了可乐一眼，说："没大没小，当心被你老妈掐嘴。"

老妈小狗好像听到了可乐的话，她朝着可乐，"汪汪"地狠狠地叫了几声，好像在说："当心我不饶过你。"

"快说，究竟是不是你把我的金银首饰给藏起来了？"老巫婆非常生气。

"我……我……你的……私房钱……你……减肥……你……不理我……"小老怪一定是被老巫婆吓坏了，他说起话来，仿佛舌头都在打颤。

"我存私房钱又怎么了？我存私房钱，我减肥，都是为了寻找我失散多年的妈妈。"老巫婆说着说着，就带哭腔了，"当我还很小的时候，我就走丢了，我一直在寻找我的妈妈。我知道，我的妈妈也一直在寻找我。我一直保存着小时候和妈妈一起照的照片，每当看到照片，我就想：我要让自己永远像照片上的样子，当妈妈看到我的时候，才能认出我来。可是，我觉得我长胖了，所以我要减肥。你以为我减肥只是为了漂亮啊？我是怕我的妈妈认不出我来了！

"每当我看到楼上的小丫头和她的妈妈一起上楼下楼的时候，我就嫉妒。不是我心眼坏，是我太想我的妈妈了！看着她们幸福的模样儿，我就想：

总有一天，我会让你们分开的。所以，我把我的拐杖变成扫把，让它帮助小丫头，把她的妈妈变成了小狗。这样，她们之间就失去了应有的交流。

"你以为我是坏心肠的人吗？其实我不是！我一直在幻想着，有一天能找到我的妈妈。那个时候，我会好好地孝顺她，为她捶背，为她洗脚，为她做饭，为她唱歌，为她讲故事……我知道，我的妈妈肯定已经满头白发满脸皱纹了，可是，我不会嫌弃她，我只希望早日找到她。

"我想存够足够的钱，然后出去找妈妈……没想到，你却偷走了我所有值钱的东西，包括那个能把楼上小丫头的妈妈变回人形的蓝宝石戒指，还有几个小孩子也变成小狗了……呜呜呜……其实，我是既喜欢这些孩子又嫉妒这些孩子啊……要是他们永远也变不回人形，我可就犯下滔天大罪了……呜呜呜……"

老巫婆伤心地哭了起来。

听了老巫婆的话，可乐也伤心了。她搂住老妈小狗的脖子，说："老妈，对不起……"

　　老爸也蹲下身子，拍拍可乐的头，又拍拍老妈小狗的头，说："老巫婆都后悔了，小狗们会很快变回来的。我们家都快成垃圾场了……"

　　老妈小狗冲着老爸眯了一下眼睛，好像在说："没有我的日子，不好过吧？"

　　可乐起身来，轻轻地推了一下老巫婆房间的门。只见老巫婆睡在床上，脸朝里面，背对着小老怪。小老怪恭敬地站在床前。

　　小老怪喝了一口闷酒，从口袋里掏出一条漂亮的水晶项链。

　　老妈小狗见到这条项链，急了，一下子就冲了进去，咬住小老怪的裤子不放。

　　坏了，目标彻底暴露了。

蓝宝石变成了魔法树

"老爸，快去救老妈吧！"可乐急了。

老爸悄悄地对可乐说："不要急，说不定老巫婆不会理一只小狗呢，她可能不知道那是你老妈变的。"

可乐也同意老爸的说法，决定静观其变。

小老怪根本不管咬住他的裤子的老妈小狗，他自顾自地说："你转过身来看一看这条水晶项链吧，是楼上的小丫头给我的，我要把它送给你。"

老巫婆没有转身，却像一个孩子似的说："不要耍花招，骗我转过身来看你一眼。"

　　"汪汪——"老妈小狗见小老怪不理睬她，急得叫了起来，好像在说："把水晶项链还给我，那是我宝贝女儿的东西。"

　　老妈小狗的叫声，让老巫婆转过身来了。她奇怪地盯着小狗看了一会儿，然后"嘿嘿嘿"地笑了几声，说："这家伙！呵，我把我的拐杖变成了扫把，送给楼上那小丫头，她就用扫把把她那爱唠叨的老妈变成了小狗。千真万确。"

　　老巫婆的话，让小老怪惊讶得瞪圆了眼睛。门外的可乐和老爸，紧张得心也提到了嗓子眼儿。

　　老巫婆把眼光从老妈小狗的身上移开，又盯着小老怪手中的水晶项链看了一会儿，说："如果把这条项链送给我的妈妈，她一定会喜欢。"

　　"这……这是楼上小丫头的……"小老怪结结巴巴地说，"以前的红皮鞋……牛仔裤……都是她和她的朋友……送给我的……"

　　"呵，你还挺有人缘的啊，"老巫婆指着小老怪的鼻梁说，"别看我平时瞧不起你，其实，我很在意你的……"

老巫婆的话还没有说完，就"呜呜呜"地哭了起来。

可乐朝老爸挤了挤眼睛，说："老爸，别看老妈平常对您很凶，其实，她也挺在意您的。"

"鬼丫头。"老爸一边说，一边用食指刮了一下可乐的鼻子。

"别哭呀，我知道你是刀子嘴豆腐心。"小老怪爱怜地替老巫婆擦眼泪，然后一边说，一边把项链给老巫婆戴上，"这条漂亮的项链，是楼上的小丫头送给我的，你就放心地戴上它吧。等我们找到妈妈了，再把它送给妈妈。"

老妈小狗看见小老怪把项链给老巫婆戴上了，便一口咬住老巫婆的裤子不放。

老巫婆急了，说："你这不识好歹的家伙，当心我让你做一辈子的小狗！"

可乐忍不住了，她冲进老巫婆的房间，大声吼道："你自己没有了妈妈，也希望别人没有妈妈，你安的什么心啊？"

"可恶的小丫头，我三番几次，几次三番地放过你，你却还要和我过不去！你信不信，我马上把你也变成小狗！"

"我不怕！变成小狗才好呢，这样，我就可以和老妈说话，还可以和已经变成小狗的薯条、汉堡和鸡翅玩了。"可乐不依不饶。

老爸在门外再也待不住了，也冲进了老巫婆的房间。老爸双手作揖，向老巫婆赔礼："对不起，老人家，我们家一直在给您添麻烦，真是对不起，真是对不起！"

"哟，公安局长也来了？带枪了吗？"老巫婆赶紧躲到小老怪的身后，一副很害怕的样子。

可乐趁火打铁，说："老爸，赶紧把您的枪掏出来，把这个为害人间的老巫婆抓走。"

老巫婆吓得赶紧躲到了床上。她在被窝里一边哆嗦一边说："放过我吧，我会想办法把那些小狗都变回来的。"

一听老巫婆说要把小狗们变回来，老爸高兴得手舞足蹈，他对小老怪说："老兄，听可乐说，您

最喜欢喝酒了，有机会，到我楼上去喝几杯！"

"老爸，您别光顾着喝酒啊，老妈还是小狗呢！"可乐扯了一下老爸的衣角。

被窝里的老巫婆说："只要把蓝宝石戒指找到，我就能把小狗们变回人形。"

"可是，戒指已经掉到巫婆岛上来了。"可乐说，"就是从我家下水道里掉下去的。"

"我的天哪！"老巫婆一下子从被窝里钻了出来，惊慌失措地说，"你说蓝宝石戒指掉进下水道里了？"

老巫婆的神情，把小老怪、可乐和老爸都吓坏了，他们异口同声地问："怎么了？"

老巫婆像失去了一件十分珍贵的宝贝似的，哭着说："那可是我辛辛苦苦修炼了五十年，才得到的宝贝！它只能待在沼泽地里，一旦接触到水，就会变成一棵树。"

一听说蓝宝石戒指可能变成了一棵树，可乐和老爸可真的慌了神。没有了蓝宝石戒指，老妈小狗怎么办？薯条小狗、汉堡小狗和鸡翅小狗又怎么办？

这时候，一个纽扣小怪闯了进来，气喘吁吁地说："不好了……出现了一棵……奇怪的……纽扣树……"

老巫婆见纽扣小怪这副模样，知道肯定出大事了，她反而镇静下来，说："不要着急，慢慢说。"

纽扣小怪做了几个深呼吸，然后说："大约半个小时之前吧，我们正在纽扣丛林里种纽扣树，突然，从远处飘来一朵蓝色的云，这朵蓝色的云正好落在纽扣丛林里。突然，它张开大嘴，'咔嚓、咔嚓'地嚼着一棵纽扣树。我们上前阻止，但是，它不仅力大无比，还能抵抗我们的冰冻烟雾。现在，它正在一棵一棵地吃着纽扣树呢。照这样吃下去，整个纽扣丛林里的纽扣树，会被它吃光的！您赶紧想想办法吧！"

老巫婆说："我知道，那是蓝宝石戒指变的魔法树，一棵专门吃树的魔法树。可是，它吃什么

树不好？为什么非要吃我的纽扣树呢？我还指望靠卖纽扣来过完我的后半辈子呢，这不是要我破产吗？"

老巫婆在屋子里转了一圈，好像在找什么东西，但又没找到。

"我的拐杖呢？"老巫婆急晕了头，她大喊，"我的拐杖呢？没有它，我怎么去纽扣丛林啊！"

可乐顾不了想那么多了，她赶紧说："扫把，在我的卧室里呢。"

"噢，好丫头，我会报答你的。"老巫婆说完，打开她的衣橱的门，"嗖"的一声，就不见了。

不到五秒钟时间，只听"嗖"的一声，老巫婆又出来了，手里多了一把扫把。

"My God！"可乐尖叫起来，"老爸，她这是私闯民宅啊！"

"你再废话连篇，小心我不把你的老妈变回来！"老巫婆恶狠狠地说。

老巫婆骑在扫把上，大声说："都给我坐上来！

一起去纽扣丛林！"

　　小老怪、可乐、老爸和老妈小狗，都坐在了扫把上。老巫婆骑着扫把，从房间里飞了出去。

　　"啊！飞起来了！"可乐尖叫着，"老爸，您坐直升机的感觉，肯定也没有坐扫把的感觉好吧？"

魔蛇

　　老巫婆带着小老怪、可乐、老爸，还有老妈小狗，来到了纽扣丛林。纽扣丛林中，许许多多的纽扣小怪，正在忙碌着：有的忙着种纽扣树，有的忙着喷蓝色的烟雾来杀死树上的虫子，更多的纽扣小怪正在和魔法树作斗争。

　　瞧，那魔法树可不是一般的树，无数的纽扣小怪朝它喷烟雾，可它就是不害怕，并且越战越猛。

　　"可乐，你可比老爸有福气啊，这么好玩的地方，你都来过几次。"老爸说，"什么旅游啊，出国啊，哪有到这里好玩啊！"

　　可乐"扑哧"一声，笑了出来："原来，老爸也贪玩。"

"公安局长，您带枪了吗？"老巫婆竟然想让可乐老爸动用枪支来制服蓝宝石变的魔法树。

可乐老爸搔了搔后脑勺，说："不执行任务的时候，我都没有带枪的。"

老巫婆白了可乐老爸一眼，说："看来，求人不如求自己啊！"

老巫婆把扫把举过头顶，一挥，扫把就变成了拐杖。老巫婆举起拐杖，对着魔法树，说："赶紧住口，否则，你会吃不了兜着走！"

"哈哈哈——"魔法树狂笑着说，"当年，你把我埋在沼泽地里，让我浑身臭气，再大的魔力，也施展不开。现在，我离开沼泽地，遇上了清水，哈哈，我可是威力无穷，就算十个老巫婆，也奈何不了我。"

"好大的口气！"小老怪被魔法树惹恼了，他连喝了三杯酒，然后对准魔法树，"呼"的一声，把嘴里的酒全部喷了出来。这股酒雾形成一条火龙，直冲魔法树而去。

"小老怪，你什么时候也练就这招了？"老巫

婆对小老怪这招很满意，她认为这招足以对付魔法树了。

火龙包围了魔法树，他们都以为魔法树会被火龙吞掉。

"不是说蓝宝石戒指能救我的老妈吗？如果魔法树被烧掉了，我老妈怎么办？"可乐对小老怪说，"赶紧招回你的火龙。"

小老怪为难了，他看了看可乐，又看了看老巫婆。

老巫婆生气了，她阴阳怪气地说："你还帮他说话？它若是吃光了我的纽扣树，然后再变成树精，见什么吃什么，人也好，小狗也好，谁能逃过它的魔掌？"

这会儿，可乐老爸也着急了，说："要不要我回去把狙击手调来备用？"

"行行行，你赶紧回去吧，该用的办法都得用上。"老巫婆说，"我送你回去。"

正当可乐老爸准备离开的时候，天上又飞来一朵奇怪的云：这朵云，翻着筋斗，还不断地变

幻着颜色，最让人受不了的是：这朵云还散发出臭味儿。

突然，从这朵云上降落的冰雨，铺天盖地地朝魔法树袭来——

"啊——"魔法树发出一声惨叫，便没有声息了。魔法树已经粉身碎骨了。

"嘿嘿，是魔蛇老弟来了！"小老怪看见站在云端的魔蛇，对他说，"除了你，谁还有这样的威力?!"

魔蛇带着三只小狗，降落到了地上。那朵散发着臭味儿的云，朝着沼泽地的方向，飘走了。

"可乐，我们回来了！"

"可乐，我们很快就能变回人形了。"

"可乐，能说话的感觉真好。"

……

三只小狗围着可乐，说个不停。

"你们……会……说……话……了？"可乐觉得这是一件多么不可思议的事情。

原来，三只小狗爬上跳墩后，发生了意想不到的事情——

　　他们爬上跳墩，随着跳墩在沼泽地里漂来漂去。忽然，一头魔头蛇身的怪物从沼泽地里钻出来，他那粗壮的尾巴，用力地拍打着烂泥，溅得小狗们浑身是泥，他们简直睁不开眼睛。

　　"私闯我的领地，是要受到惩罚的！"魔头蛇身的怪物说，"休怪我魔蛇无礼！"

　　魔蛇伸出长长的身子，一下子就把三只小狗从跳墩上卷进了烂泥里。

　　"小老怪，救救我们！"

　　"小老怪，你在哪里呀！"

　　"小老怪，救命啊！"

　　烂泥里的三只小狗居然会说话了，他们大声呼喊着小老怪，这可吓坏了魔蛇，他赶紧问："你们是小老怪的客人？真是对不起！"说完，便把他们放回了跳墩上。

　　看来，魔蛇是小老怪的好朋友。

　　"为了表达我的歉意，我可以答应你们一个要求。"魔蛇说，"比如：第一，我可以给你们一笔钱，够你们用一辈子；第二，我可以带你们去周游

世界，看遍世界上所有稀奇的东西；第三，我可以给你们一项魔法，以后你们便可以走遍天下无敌手了……"

"我要一项走遍天下无敌手的魔法。"汉堡小狗赶紧说。

薯条小狗瞪了汉堡小狗一眼，说："你就知道走遍天下无敌手，我们还是小狗呢。"

"那我们去周游世界吧。"鸡翅小狗说，"我最喜欢出去旅游了。"

"也不行，还有可乐，还有她的老妈小狗，我们走了，他们怎么办？"薯条小狗说。

"这两样都不行，如果我们说要钱，你更不会同意了，"汉堡小狗生气地说，"你想要什么就要什么吧，反正我不管了。"

薯条小狗对魔蛇说："我们本来是人，是被女巫的扫把变成小狗的，被变成小狗的，还有我们的好朋友可乐的老妈，你能把我们变回人的模样吗？"

"哈哈哈，"魔蛇大笑着说，"这老巫婆，尽想些花样来收拾别人。不过，我知道她的脾气，倔着呢！就是小老怪的话，她也不听。这样吧，我带你们去找他们……"

就这样，魔蛇吐出一团七色的烟雾，变成了一团云。他们坐在这团云上，寻找老巫婆去了。

他们来到老巫婆的房间里，没有看到老巫婆的影子。

"她肯定去纽扣丛林了，她想经营好纽扣丛林，赚大钱呢。"魔蛇说完，带着小狗们，向纽扣丛林飞去。

在纽扣丛林的上空，魔蛇看到了魔法树正在与火龙搏斗。

"不好了！小老怪的火龙，可能也斗不过魔法树！"魔蛇说。

"魔法树为什么要和小老怪的火龙斗？"汉堡奇怪地问。

魔蛇说："这魔法树，是老巫婆藏在沼泽地里的那颗蓝宝石戒指变的……"

"蓝宝石戒指？变成了魔树？"三只小狗异口同声地问。

"你们见过蓝宝石戒指？"魔蛇问。

"见过见过，还听说它可以把我们变回人形呢……"

鸡翅的话还没有说完，薯条就接过话茬儿，说："魔蛇，你赶紧想个办法，救救我们吧，我们还要回去上课呢。"

魔树说："它正被火龙烧得滚烫，我下一阵冰雨，让它粉身碎骨！"

就这样，魔蛇战胜了魔法树。

"蓝宝石戒指呢？碎了没有啊？"可乐老爸急忙在魔法树灭亡的地方寻找蓝宝石戒指。

老巫婆伤心地说："别找了，我还想把它送给我的妈妈呢。唉——"

"老妈，我们该怎么办呢？"可乐蹲下身来，抚摸着老妈小狗的头，又摸了摸另外三只小狗，"是我对不起你们，如果你们真的不能变回人形，我会好好照顾你们的，我再求求小老怪，看他有没有别的办法。"

就在可乐起身的时候，只听"叮当——"一声响，什么东西从她的口袋里掉了出来。

是一颗纽扣，那颗她在纽扣丛林里没有来得及种下的纽扣。

老妈小狗衔起这颗纽扣，来到魔树灭亡的地方，她刨了一个小坑，把纽扣埋在了坑里。

"唉，你老妈是想在这里种一棵树，当作纪念。"老爸最了解老妈了。

"真是对不起啊！"老巫婆也怀着无比的歉意说，"我也没想到会变成这样，以后我也帮着你们照顾这些小狗吧。"

就在他们说话的时候，老妈小狗种下的那颗纽扣，慢慢地发出了新芽，很快就长成了一棵大树。

"瞧，又长出一棵纽扣树了。"老巫婆说完，便用拐杖轻轻地敲了一下这棵纽扣树，说，"要是你能结出蓝宝石戒指，我就心满意足了。"

老巫婆的话音刚落，纽扣树上真的结出了一枚蓝宝石戒指！

"啊，蓝宝石戒指！"

大家都惊喜地围了上去，但谁都没有伸手去碰

蓝宝石戒指，生怕弄坏这枚可以救小狗们的戒指。

老巫婆笑了，笑得很美丽。可乐呆呆地望着老巫婆，说："原来，你也很美丽……"

"嘿嘿，谢谢！"老巫婆不好意思地笑了。

老巫婆伸出手，小心地摘下蓝宝石戒指，然后她把拐杖举在空中，一挥，拐杖就变成了扫把。

"大家都坐上来吧，我们周游巫婆岛去！"小老怪、可乐、老爸、小狗们都坐在了扫把上。魔蛇没有坐上去，他飞到空中，说："我要回沼泽地去了，祝你们开心！"

当女巫的扫把飞上天空的时候，小狗们都变回了人形。他们一起唱起了小老怪经常唱的歌：

"小老怪啊小老怪，就是想讨巫婆爱，巫婆天天忙减肥，哪里在乎小老怪……我是小老怪，人见人爱的小老怪。巫婆忙减肥，理也不理小老怪……"

图书在版编目（CIP）数据

老妈变变变／曾维惠著 .—福州：福建教育出版社，
2016.5
（曾维惠的童话王国）
ISBN 978-7-5334-7083-8

Ⅰ. ①老… Ⅱ. ①曾… Ⅲ. ①童话－中国－当代
Ⅳ. ① I287.7

中国版本图书馆 CIP 数据核字（2015）第 317361 号

LAOMA BIAN BIAN BIAN
老妈变变变
曾维惠　著

出版发行	海峡出版发行集团
	福建教育出版社
	（福州梦山路 27 号　邮编：350001　网址：www.fep.com.cn
	编辑部电话：010-62027445
	发行部电话：010-62024258 0591-87115073）
出 版 人	黄 旭
印　　刷	福州华彩印务有限公司
	（福州市福兴投资区后屿路 6 号　邮编：350014）
开　　本	890 毫米 ×1240 毫米　1/32
印　　张	6.875
字　　数	97 千
插　　页	3
版　　次	2016 年 5 月第 1 版　2016 年 5 月第 1 次印刷
书　　号	ISBN 978-7-5334-7083-8
定　　价	19.00 元

如发现本书印装质量问题，请向本社出版科（电话：0591-83726019）调换。